AF561538

RELATION HISTORIQUE ET GALANTE DE L'INVASION DE L'ESPAGNE PAR LES MAURES.

TIRÉE DES PLUS CELEBRES AUTEURS de l'Histoire d'Espagne,

ET ORNÉE DE FIGURES EN TAILLE DOUCE.

TOME TROISIE'ME.

A PARIS,
Chez PIERRE WITTE, rue Saint Jacques, à l'Ange Gardien.

M. DCCXXII.

Avec Approbation & Privilege du Roy.

RELATION HISTORIQUE ET GALANTE DE L'INVASION DE L'ESPAGNE PAR LES MAURES.

L'Armée des Maures & des rebelles ou mécontens ne fut pas plus tôt arrivée à Tariffa, où elle débarqua, que les generaux apprirent que l'armée royale étant partie d'auprès de Seville, où elle avoit campé quelques jours, étoit arrivée à *los Palacios*, & s'avançoit à grandes journées, dans l'esperance de leur disputer le passage ou de les combattre au débarquement. Sur cet avis, le premier soin du general Maure fut de faire la revue de son armée, & de préparer

préparer toutes choses pour une bataille ; car il voyoit bien que Roderic ne venoit que dans ce dessein-là ; & que se confiant dans ce grand nombre de troupes dont son armée étoit composée, il faisoit état de les investir, & n'esperoit pas moins que de les accabler par cet avantage. La sienne se trouva forte de près de quarante mille hommes, qu'il crut plus que suffisans pour battre celle de Roderic, qui n'étoit que de gens ramassés & de soldats faits à la hâte. Après la revue, & qu'il eut trouvé ses gens en bon état & toutes choses en ordre, apprenant que les ennemis s'avançoient toujours, il voulut leur épargner la moitié du chemin : & marchant droit à *Xeres de los Cavalleros*, il campa sur le bord de la riviere de Guadalephe, qui est à quatre journées de marche de Tariffa. Le roi étoit alors à *las Cabeças* ; & en deux jours il se trouva à la vue des Maures entre Arcos & Xeres où il planta son étendart royal ; ayant sa droite sur la même riviere de Guadalephe, & sa gauche à Medina Sidonia, faisant un front capable d'épouvanter tous autres que ceux contre qui il avoit à combattre, qui connoissoient le foible d'un si grand corps.

Les deux partis témoignoient une grande passion d'en venir aux mains ; mais le roi retint les siens, parce qu'ils étoient tous soldats nouveaux qui n'ayant jamais vu de Maures, ne savoient point leur maniere de combattre, & qui étoient à demi épouvantés seulement de leur nom. Il voulut les y accoûtumer par de petits détachemens & des irruptions pour les rassurer & les in-

struire

struire en quelque façon sur les divers mouvemens qu'il conviendroit faire. Du côté des Maures, c'étoit bien l'intention de Tarif de donner bataille dès le lendemain qu'il vit paroître les ennemis, pour ne leur pas donner le tems de reprendre haleine : mais Maguel, vieux renegat & créature du gouverneur dont il avoit été esclave, s'y opposa fortement dans le conseil de guerre que l'on tint pour cela; disant qu'on ne devoit rien hazarder, puisqu'on étoit bien assuré qu'avant huit jours toute cette monstrueuse armée periroit de faim & de misere, & qu'ainsi ils auroient la victoire sans qu'il leur en coûtât une seule goute de sang. Comme ce renegat étoit un vieux officier d'experience, qui tenoit un des premiers rangs dans l'armée, & que d'ailleurs le comte Julien, de qui il tenoit les nouvelles de l'état de l'armée du roi, étoit assés de son avis, Tarif s'y rendit. Les deux armées passerent sept à huit jours à de petits combats, ausquels leur voisinage les engageoit, & où les plus braves & les plus ardents se signalerent. Du côté du roi, l'illustre Pelage fut celui qui se fit le plus remarquer, & eut deux fois à faire au prince Eba, & une fois à Abdelasis. Avec le premier, l'avantage fut assés égal, n'y ayant eu que des lances rompues & quelques coups d'estramaçon, dont il n'y eut que de legeres blessures; mais le dernier fut porté par terre à demi mort, & sans le secours des siens, qui firent un terrible effort pour le dégager, il n'en seroit jamais revenu.

Les Maures demanderent aux Goths de leur parti qui étoit un si rude joûteur, & le nom de Pelage fut dès lors connu & en grande réputation. C'étoit toujours à la tête d'une troupe de Basques qu'il sortoit du camp, & qu'il venoit défier les Maures, dont il arrêta la fougue, & rabatit un peu la fierté par l'agilité aussi bien que par la valeur de ces braves montagnards. Quand il avoit fait quelques prisonniers sur les Maures, il les faisoit promener par tout le camp, pour en ôter la crainte à ses gens, & leur faire voir qu'ils étoient des hommes faits comme les autres, qu'on battoit & qu'on prenoit. Cela fit un si bon effet, qu'après sept à huit jours de ces combats, qui, quoique petits ne laissoient pas d'être fort sanglants, & de faire perir beaucoup de braves gens, toute l'armée demanda au roi la bataille. Ce prince, qui ne savoit plus où trouver dequoi nourir une si puissante armée, & qui ne voyoit pas qu'elle pût subsister encore plus de trois jours au lieu où elle étoit, fut ravi de joye de voir ses troupes dans une si glorieuse impatience de combattre; & leur dit d'un air qui marquoit une extrême assurance, qu'ils n'avoient qu'à s'y préparer pour le lendemain, qu'il esperoit qu'ils finiroient les malheurs de leur nation, & délivreroient leur patrie de traitres & de barbares par une pleine victoire. La nuit se passa à disposer toutes choses pour cette grande journée, & dès la pointe du jour on commença à sortir du camp pour se ranger en bataille. Les troupes furent rangées sur trois lignes, dont

dont un D. Juan, vieux officier qui avoit servi sous le roi Wamba, & qui étoit le plus capable de tous les generaux Goths, commandoit la premiere qui étoit de vingt-cinq mille hommes, tant frondeurs, piquiers, que lances & gens de massue & de traits. Il avoit sous lui l'archevêque Opas, qui avoit amené un corps de huit mille hommes, tous gens à sa devotion, & qui promettoient beaucoup. La seconde ligne avoit pour commandant un parent du roi, & n'étoit pas moins forte que la premiere. Roderic étoit à la troisiéme, au milieu de dix mille Basques que Pelage commandoit sous lui.

Les Maures ayant remarqué dès le matin les mouvemens que faisoit l'armée des Chrétiens, jugerent bien qu'ils en vouloient venir aux mains; Tarif fit aussi-tôt assembler le conseil de guerre, où il fit voir qu'il seroit honteux à leur nation d'avoir refusé un combat, pour lequel seul elle avoit passé la mer; que la faim & les autres miseres pour venir à bout de ses ennemis, étoient des voyes indignes de gens qui se piquoient de courage; que c'étoit prolonger une guerre qui pouvoit se terminer dans un jour: que d'ailleurs c'étoit vouloir manquer la plus belle occasion du monde; puisque le roi, à qui l'on en vouloit personnellement, étant à la tête de ses troupes, pouvoit être ou tué ou pris prisonier, auquel cas l'Espagne entiere tomberoit d'elle-même; & qu'enfin il n'y avoit point à balancer; puisque les ennemis vouloient engager un combat.

Quoi qu'il put dire, Maguel, soit par raison, soit par humeur, s'opposa encore à cette résolution, & protesta contre de tout le malheur qui en pourroit arriver, & du sang Muzulman qui seroit répandu inutilement ; puisque cette armée étoit sur le point de se dissiper & de périr entierement faute de vivre. Mais les soldats, piqués d'une si lâche démarche, tant les Goths que les Maures, se mutinerent, & vinrent en foule à la tente du general où le conseil se tenoit, crier à la porte qu'ils vouloient combattre & soutenir l'honneur de leur premiere victoire : de sorte que Maguel fut obligé de ceder, voyant que le general ne se mettoit pas en devoir de retenir l'ardeur des soldats, & ne voulant pas tout seul s'y opposer davantage. Le conseil se leva ; & Tarif bien assuré que le succês justifieroit sa conduite, animé par le desir de ses troupes, se résolut à la bataille, & prit conseil sur le champ de tout ce qu'il avoit à faire. L'ordre de son armée fut à peuprés comme celui de l'armée de Roderic ; c'est-à-dire en trois lignes, dont les Goths mécontens composoient la premiere sous le prince Eba : la seconde, qui étoit de Maures, fut commandée par Abdelasis, qui s'étoit un peu remis de sa chûte, & n'avoit pas voulu perdre l'occasion d'une si belle journée : Maguel commandoit sous lui, ainsi qu'il en avoit besoin, n'ayant pas encore toute l'experience necessaire pour une affaire de cette consequence. Le comte Julien étoit au milieu avec deux bataillons de Maures, & deux de Goths. Tarif n'avoit

voit pas voulu se donner aucune place fixe, pour être par tout avec deux mille Maures d'élite ; & pour se distinguer entiérement ce jour-là, par toutes les vertus qui peuvent former un grand guerrier.

Roderic voyant les ennemis d'aussi bonne volonté que lui, ne voulut pas laisser ralentir l'ardeur des siens, qui demandoient hautement qu'on sonnât la charge. Il étoit selon l'ancienne coûtume des rois des Goths sur un parfaitement beau char tout doré, la couronne sur la tête, & vêtu de ses habits royaux. La harangue qu'il leur fit fut courte; car il vit bien que dans l'impatience où ils étoient de combattre, ils ne l'écouteroient pas long-tems : » Voici enfin, *leur dit-il*, ces traîtres & ces barbares que nous « sommes venus chercher de si loin, & qui « ne sont entrés dans ce pays que pour des- « honorer vos femmes, & vous mettre vous « & vos enfans à la chaîne. La vie ne vaut « pas les maux qu'ils vous préparent : il faut « les faire repentir de leur barbarie & de « leur témerité. Ce sont des chiens enragés, « mais que nous assommerons à coups de « bâton. Il n'y a que ce moyen pour nous « délivrer de tous nos maux ; mais le plus « cruel qui nous pourroit arriver, seroit « celui de mourir ici de faim. Il faut vain- « cre ou périr ; & il est tems de faire voir « ce que vous savez faire ; & si vous êtes les « legitimes heritiers de ces valeureux Goths, « qui ont été la terreur du monde & les maî- « tres de toute l'Europe. «

La harangue de Tarif fut aussi courte : Braves compagnons, *dit-il aux siens*, si « avec

» avec une poignée de gens nous avons bat-
» tu l'élite & la fleur de ce royaume, que
» ne ferons-nous point avec une armée aussi
» forte & aussi florissante que celle que nous
» avons aujourd'hui, contre un tas de gens
» ramassés qui ont des armes dont ils ne
» savent pas seulement se servir. Les voici
» qui viennent se livrer à nous avec leur roi;
» & cette seule victoire nous va mettre en
» possession de tout le royaume, & de plus
» de depouilles, que vous n'en sauriez ja-
» mais emporter. N'attendons pas, chers
» compagnons, qu'ils nous la dérobent par
» leur fuite, executons ce que demande
» d'eux leur malheureux destin, qui les a
» amenés si loin pour mourir ici; & que s'il
» se peut, il n'en échappe pas un.

Les deux armées s'étant avancées, le prince Éba fut le premier à venir à la charge contre D. Romiro parent du roi; & d'abord qu'on fut à la portée du trait, on vit voler en l'air une grêle de javelots, avec de terribles cris des deux côtés: mais le plus sanglant fut quand on en vint aux mains & qu'on employa le sabre, l'épée, la hache, la massue, & les autres armes dont on usoit en ce tems-là.

Le prince Eba encouragea ses soldats, moins par ses paroles que par son exemple; & ils le suivirent d'une telle ardeur, & donnerent sur ceux de D. Romiro avec tant d'impetuosité, que sans les Basques, que D. Pelage eut la précaution de jetter dans les intervalles, parce que ce n'étoit pas la ligne la plus forte, ils auroient été renversés dans le premier choc; mais les

Basques

Basques les soutinrent, & leur donnerent le tems de se remettre. La honte qu'ils en eurent les anima si fort, qu'ils penserent à leur tour faire plier les mécontens, contre lesquels ils se servirent de l'avantage qu'ils avoient du nombre pour les attaquer en flanc. Le prince eut la prudence & le bonheur de remedier à cela, en élargissant son front; afin de faire tête par tout, & d'occuper de tous côtés les ennemis; mais les aîles en devenant plus foibles, il faloit que la valeur & la vigueur de ses soldats suppleassent à ce défaut, comme il arriva pour le bonheur & la gloire du commandant. On combattoit par tout de la même force & avec la même animosité; mais le plus grand effort étoit du côté du comte Julien qui étoit à la bataille; car il avoit à combattre non seulement le plus grand corps, à la tête duquel le roi étoit, mais encore les plus experimentés de toute cette armée, & entre autres les Basques qui avoient pour chef le redoutable Pelage, qui ne donnoit point de coup qui ne fut mortel. Tarif qui au commencement du combat s'étoit promis de faire une figure éclatante, & qui vouloit courir & être par tout, vit bientôt la necessité qu'il y avoit de demeurer au centre; & que tout étoit perdu s'il abandonnoit seulement d'un moment le comte. Il étoit animé par l'amour qu'il avoit pour la princesse; passion qui a sur le cœur d'un homme bien plus de pouvoir que la gloire ni l'ambition; il se souvenoit de ce qu'il lui avoit promis, de périr dans ce combat, ou de lui apporter la tête de Roderic.

Mais

Mais il trouva que l'entreprise étoit plus difficile qu'il ne se l'étoit imaginé, & que si les choses ne changeoient de face, il y avoit moins d'esperance de venir à bout de ce dessein, que de danger d'y périr lui même. Il avoit ses deux mille Maures, tous vieux soldats d'une valeur experimentée, avec lesquels il avoit déja fait deux ou trois terribles efforts pour percer jusques où étoit le roi. Il en avoit une fois approché jusqu'à la portée du javelot, dont il l'àvoit même blessé; mais il n'avoit jamais couru tant de périls: son cheval fut tué sous lui; & Pelage, qui sembloit être toujours à ses trousses, lui déchargea un grand coup d'épée sur son pot en tête, dont bien lui prit qu'il étoit d'une bonne trempe : il ne laissa pas d'en être blessé & étourdi, de maniere qu'il fut plus d'un quart d'heure sans connoissance. Quand il eut un peu repris ses esprits, & qu'il vit ses gens fort diminués & leurs rangs éclaircis, il jugea à propos de se fortifier de quelques nouveaux bataillons, comme en ayant plus besoin que les deux autres lignes, desquelles il en tira deux de chacune; mais Abdelasis & Maguel, qui avoient à faire à un vieux soldat, & qui avoient besoin de tout leur monde pour n'être pas envelopés, se trouvant dégarnis à cet endroit, d'où on venoit de tirer ces troupes, furent aussi-tôt pris de ce côté-là par le vieux D. Juan, & forcés de plier : si bien qu'il étoit à craindre qu'ils ne perdissent la victoire; mais l'archevêque Opas, qui combattoit sous D. Juan, & qui avoit ménagé ses troupes qu'il commandoit pour

être

être mieux en état de s'en servir quand l'occasion s'en presenteroit, en profita comme la plus favorable pour jouer son rôle ; & passant tout d'un coup avec ses huit mille hommes du côté des Maures, il jetta une si grande terreur dans l'armée du roi, sur tout dans cette ligne où D. Juan commandoit, qu'elle se mit en desordre, croyant que tout étoit trahi & perdu. Abdelasis & Maguel ne negligerent pas un si grand avantage ; & ranimant leurs gens par l'arrivée de ce renfort, ils donnérent tous ensemble sur la cavalerie des Goths royalistes, qui s'étoit avancée pour rassurer l'infanterie, qui avoit été la premiere à prendre l'épouvante ; mais elle ne fit pas mieux son devoir : elle fut rompue du premier choc. Pelage y accourut avec deux ou trois cens Basques & y fit cent actions de valeur, mais toutes inutiles ; car ces troupes épouvantées & pressées par les Maures, qui se voyoient seconder d'une grande fureur par ces nouveaux Goths qui avoient l'archevêque à leur tête, l'entraînerent malgré lui, & vinrent tomber sur les troupes que commandoit le roi, qui faisoit-là le devoir d'un grand capitaine contre Tarif & le comte Julien. Cela augmenta plus que jamais le desordre : ce que voyant le roi, & que sa défaite étoit inévitable, il se fit amener un cheval qu'il appelloit *Orelia*, le plus vigoureux qu'il eût, & le plus propre pour un jour de bataille, étant monté sur ce cheval, bien résolu de ne se laisser pas prendre vivant aux ennemis, il donna dans les plus épais bataillons des Maures, fit du carnage,

carnage, & renversa d'un coup de massue le comte Julien, qu'il avoit reconnu & cherché; mais Tarif s'étant presenté devant lui avec ses gens, il se seroit trouvé trop foible sans l'arrivée de Pelage, qui rétablit un peu les choses de ce côté-là. Cependant la victoire suivoit par tout ailleurs les Maures & les mécontens: de sorte que le roi songeoit à la retraite, & Pelage, qui l'y exhortoit, se sentoit encore assés fort pour lui en donner le tems: mais le prince Eba, qui les rencontra, ayant mis à mort un grand nombre de braves gens qui exposoient leur vie pour sauver celle de leur roi, il le perça lui-même d'un dard qu'il lui lança, & qui lui traversa le cou, victime que le ciel avoit reservé a ce prince, pour venger l'honneur de sa chere princesse.

Depuis que le roi fut tué & que le bruit s'en fut répandu dans toute l'armée des Goths qui étoit déja en déroute, ce ne fut plus qu'un carnage continuel. Le seul Pelage se retira avec un air plein de fierté, suivi encore de quatre mille Basques, de dix mille qu'il en avoit amenés; qui firent leur retraite plutôt en gens accablés de fatigue, que vaincus.

Cette victoire quoique des plus sanglantes, ne laissa pas de causer une extrême joye aux vainqueurs, qui se consolerent de la mort de leurs amis & de leurs parents, par le butin surprenant qu'ils y firent.

On n'a jamais bien su jusqu'où alloit le nombre des Goths qui furent tués dans cette bataille. Les auteurs Espagnols disent qu'il fut

fut si grand, qu'on ne le put compter ; & que d'ailleurs tout le reste se dispersa, sans que le brave Pelage pût venir à bout de les rallier. Pour les Maures, ils avouerent eux-mêmes que leur perte approchoit de seize mille hommes tant de l'une que de l'autre nation & des plus braves. Quoi qu'il en soit, ce fut pour les Goths une triste & déplorable journée, qui remplit toute l'Espagne de tristesse & de desolation, de terreur & de desespoir. On ne l'a pas oubliée; car il est marqué précisement par tous les historiens que ce fut l'an 714. & le 11. de Novembre jour de la saint Martin, que les Maures appellent *Xavel*, & qu'ils celebrent encore tous les ans : & non sans raison, puisque cette victoire leur valut la conquête d'un si beau & si florissant royaume, n'ayant trouvé depuis que de foibles resistances par tout où ils marcherent.

Les Maures ne furent pas si-tôt en état de profiter de cette fameuse conquête : car outre ce grand nombre de morts qu'il y eut de leur côté, il n'y en eut guére moins de blessés, & pas un officier qui ne le fût ; Tarif en trois endroits, le prince Eba au défaut de la cuirasse, mais sans danger ; Abdelasis au bras, Maguel à la tête ; & d'autres personnes de distinction tant Chrétiens que Maures portoient quelque marque de cette victoire : mais celui qui y avoit été le plus maltraité, c'étoit le comte Julien, qui avoit reçu trois blessures, dont il y en avoit une qui faisoit craindre pour sa vie ; & tout son corps étoit meurtri de la chute qu'il avoit faite, & l'on étoit fort en en peine pour lui. Cependant, comme il étoit du devoir de Tarif de faire part au gouverneur de la victoire qu'ils avoient remportée, aussi-bien qu'au calif; & qu'il vouloit lui marquer le besoin qu'ils avoient d'un renfort de troupes, pour en recueillir les fruits, il dépêcha un officier de ses créatures pour lui faire part de cette nouvelle. Mais ce qui lui tenoit le plus au cœur c'étoit d'informer sa belle princesse de la mort de son ravisseur, & que la fortune lui avoit ravi la gloire de ce coup pour en favoriser l'heureux prince Eba, à qui par surcroît de bonne fortune la couronne de ce roi étoit tombée en partage dans le butin qu'ils avoient fait. Il ne pouvoit s'empêcher au milieu de sa gloire de sentir un mortel chagrin d'avoir manqué ces deux avantures, après avoir exposé plus d'une fois sa vie, comme il avoit fait, pour en venir à bout; & qu'un prince qu'il ne croyoit pas avoir le cœur blessé comme lui, eût seul remporté les deux plus glorieux avantages qui pouvoient dans cette occasion arriver à un amant.

Il savoit que le comte se preparoit à envoyer aussi un de ses gentils hommes à la comtesse & à sa fille, pour leur annoncer une si belle victoire, & pour leur donner des nouvelles de sa santé: Il auroit été bien curieux de savoir de quelle maniere il leur parleroit de lui. Personne n'étoit mieux instruit que le comte des belles actions qu'il avoit faites; il l'avoit presque toujours eu pour témoin, & lui avoit sauvé la vie plus d'une fois; car c'étoit de leur côté que le combat

combat avoit toujours été le plus opiniâtré. Il devoit s'attendre à des louanges infinies, parce qu'en effet il les meritoit ; mais il ne se reposoit pas tout-à-fait sur la justice, ni même sur la reconnoissance du comte ; & il auroit bien voulu pouvoir en juger par ses yeux. Il alla le voir dans sa tente, esperant que peut-être il lui feroit voir sa lettre ; & pour lui en donner occasion il lui dit qu'il avoit pris la liberté d'écrire un compliment aux deux princesses sur leur victoire, & qu'il le venoit prier de vouloir mettre ses lettres dans son paquet. Le comte lui répondit, que n'ayant pas eté en état d'écrire il s'étoit déchargé de ce soin sur le prince son neveu, à qui il pourroit envoyer les siennes. Cette réponse fit perdre à Tarif toute esperance de contenter son envie, n'ayant pas lieu de se promettre tant de complaisance du prince, qu'il en auroit pu attendre du comte : mais sa curiosité s'augmenta par cette difficulté, & par les raisons qu'il avoit de croire que ce jeune prince, jaloux de sa gloire & tout vain du bonheur de ses armes, auroit tant à parler de lui même & de l'avantage qu'il avoit eu de tuer le roi de sa propre main, qu'il ne songeroit guére à parler des autres, & sur tout de lui qui seul lui pouvoit disputer la gloire de cette journée. Il resolut pourtant de savoir à quelque prix que ce fût de quelle maniere tout cela seroit écrit ; car il lui sembloit qu'il lui étoit un peu trop important pour les affaires de son cœur, que la princesse fût bien informée de tout ce qu'il avoit fait pour son service, pour devoir negliger d'être inſtruit de ce qu'on lui en manderoit. Mais en attendant qu'il ſongeât à quelque moyen pour cela, il envoya toujours ſes lettres au prince, de crainte que la princeſſe, de l'humeur qu'elle étoit, ne fît quelque difficulté de les recevoir ſi elles venoient directement de ſa main.

Le prince fut ſurpris & même outré de dépit de cette nouvelle commiſſion par laquelle il ſembloit que ce general l'eût choiſi pour être le confident éternel de ſes affaires amoureuſes. Sa fierté ni ſa delicateſſe ne s'accommodoient pas de tant de familiarité : & s'il eût ſuivi les mouvemens de ſon cœur, il lui auroit renvoyé ſur l'heure ſes deux paquets, avec des excuſes les plus honnêtes qu'il auroit pu imaginer ; mais il lui prit en même tems la même demangeaiſon qu'au général, de voir ce qu'il mandoit à ſa couſine, & de quel air il lui parloit de tout ce qui s'étoit paſſé dans cette bataille. Il fit dire à l'homme de Tarif qu'il prendroit ſoin de ſes lettres ; & l'impatience le prenant de ſe ſatisfaire, il ouvrit celle qui s'adreſſoit à la princeſſe, & y trouva ces paroles.

» Nous avons enfin vaincu, belle princeſ-
» ſe, & vous avez été vangée, vôtre cruel
» ennemi à payé de tout ſon ſang l'outrage
» infame que vous en aviez reçu. Il falloit
» ce ſacrifice pour laver une telle offenſe ;
» le ciel vous le devoit, & votre gloire &
» votre honneur ſont maintenant à cou-
» vert de tout ce qui ſeroit capable de vous
» donner de l'inquietude là-deſſus. Je ne ſerai

rai pas le seul à vous l'écrire, mais je me « fais une joie extrême de vous en felici- « ter, & d'y avoir contribué autant qu'un « cœur qui s'est tout dévoué pour votre « service le pouvoit faire. Il y en a eu de « plus heureux ; & la fortune seule m'a vo- « lé ce que l'amour m'a fait chercher dix « fois au peril de ma vie ; qui étoit de faire « perir de ma main cet indigne ravisseur, « & de vous envoyer sa tète. C'étoit le seul « avantage que je demandois : j'en ai été « proche ; mais enfin il m'est échappé, & « en me fuyant il est tombé entre les mains « d'un autre qui a achevé ce que j'avois com- « mencé. C'est le prince Eba qui a eu ce « bonheur ; en quoi je l'estime plus glorieux, « que s'il avoit remporté tout seul la vic- « toire. Elle nous a coûté du sang : le mien « est peu de chose quand il s'agit de vos « interêts ; je voudrois l'avoir répandu tout « entier, & qu'il vous en eût seulement « coûté, belle princesse, un regard de pitié : « mais j'ai été touché de celui de votre pere ; « & connoissant la part que vous y avez, je « ne doute pas que vous n'en soyez sensi- « blement affligée : il n'y a cependant point « de danger pour sa vie ; & ce ne sera que « de la gloire pour lui de l'avoir exposée « avec autant de valeur & d'intrepidité « qu'il a fait pour l'honneur de sa maison « & pour la tendresse qu'il a pour sa fille. « Il ne vous dira pas les belles actions qu'il « a faites, j'en ai été témoin ; & si je lui veux « rendre justice, je dois lui attribuer la plus « grande partie de la belle victoire que « nous avons remportée. Ainsi j'ai peu fait «

» pour vous, trop aimable princeſſe ; & » ſi vous ne comptez pour quelque choſe le » deſir le plus violent que l'on puiſſe avoir » de tout faire pour vous plaire, je ſerai » long-tems à meriter quelque part dans » votre eſtime. On n'a pas tous les jours » occaſion de braver la mort pour votre » ſervice ; mais on l'a tous les jours de mou- » rir d'amour pour vous ; & je puis dire que » de ce côté-là vous me devez quelque cho- » ſe, & qu'il y auroit un peu trop de ri- » gueur en vous ſi vous n'en étiez jamais » touchée.

TARIF ABENZARIA.

Le prince lut & relut cette lettre toujours avec le même chagrin, ayant fort bien remarqué que le général par une pure jalouſie de gloire paſſoit legerement ſur ſon chapitre, & diminuoit l'endroit le plus important de cette bataille, qui étoit la mort du roi, dont il s'attribuoit le principal honneur, & ne donnoit qu'à la ſeule fortune de l'avoir achevé. Outré de ce procedé, & plus encore de toutes ſes expreſſions tendres pour la princeſſe, il fut ſur le point de retenir la lettre ; mais un mouvement contraire l'emporta ; & il voulut voir ſi la princeſſe lui feroit réponſe, ou du moins ce qu'elle lui écriroit au ſujet de cette lettre, qui marqueroit aſſés les diſpoſitions où elle ſeroit pour ce Maure. Il l'enferma donc dans ſon paquet qu'il donna au gentil-homme que le comte envoyoit à la comteſſe.

Pendant ce tems-là Tarif avoit pris ſoin d'inſtruire

d'instruire l'officier qu'il depêchoit au gouverneur, & qui devoit partir avec le gentilhomme du comte, de ce qu'il avoit à faire pour avoir ce paquet du prince; qui étoit qu'à la premiere couchée il mettroit en mangeant avec lui de l'axarat dans sa boisson: (C'est une herbe fort connue des Arabes, qui comme l'*opium* à la vertu d'endormir les gens & de leur ôter le sentiment) & qu'il lui prendroit ce paquet qu'il garderoit jusques à ce qu'il arrivât lui-même sur le lieu. La chose fut executée selon ses desirs; car le gentilhomme n'avoit pas lieu de se défier de rien, & le Maure étoit habile. L'axarat donna dans la tête du premier: à peine eut-il soupé, qu'il se laissa tomber sur la table comme s'il eût été mort. Le Maure dît que ce n'étoit que l'effet du vin, & l'ayant fait porter sur son lit, il eut tout loisir de le fouiller pour lui ôter son paquet. Comme ils n'étoient pas encore fort loin de l'armée, parce qu'ils en étoient partis assés tard, & que Tarif les avoit exprês retardés sous divers pretextes: sur l'entrée de la nuit étant monté à cheval avec un de ses domestiques, comme s'il eût voulu faire la ronde de son armée, selon sa coutume; il poussa à toute bride vers ce lieu-là, & trouva ce qu'il demandoit. Il ouvrit aussi-tôt le paquet, & ayant d'abord jetté les yeux sur sa lettre, il fut bien surpris de la trouver décachetée, & que le prince se fût donné cette liberté: il espera bien d'en trouver la raison dans la lettre qu'il écrivoit à sa cousine; il la lut, & voici ce qu'elle contenoit

La

» La victoire est à nous, mon aimable » princesse, & il n'en fut jamais de plus » complette, puisque le tiran est mort, » & qu'il ne paroît plus aucun reste de la » formidable armée qu'il commandoit. Ce » seroit peu de chose pour ma satisfaction » d'être du nombre des vainqueurs, & mê- » me que le tiran eût expié son crime par » tout son sang ; je croirois n'avoir qu'im- » parfaitement rempli mon devoir : s'il n'a- » voit été mis à mort par un coup de ma » main : j'en ai pour gage sa couronne, sa » robe royale, & son cheval tant estimé, » qui me sont demeurés en partage. Il étoit » sur le point de passer la riviere de Guada- » lephe avec un gros de cavalerie ; mais » l'ayant joint avec un détachement de nos » gens, qu'il prit d'abord pour un des siens, » il m'attendit pour son malheur, & ne » nous reconnut que lors qu'il n'étoit plus » tems de passer, & qu'ayant fait charger » les siens je perçai jusqu'à lui. Ma vue l'é- » branla un peu, mais se remettant & ve- » nant à moi comme je fondois sur lui, » *Je sai*, me cria-t-il, *ce que tu cherches, mais* » *il t'en coûtera cher.* Notre combat ne fut » pas long ; car aprês avoir essuyé & paré » quelques coups que ses gens me porterent » en foule, du premier dard que je lui lan- » çai, je le perçai à la gorge, & il tomba » de son cheval en disant : *Je meurs ; le ciel* » *est juste, & je merite la mort que je souffre,* » *pour avoir deshonoré la plus belle & la plus ver-* » *tueuse princesse qu'il y eût sur la terre.* Ce fu- » rent ses dernieres paroles ; & sa mort » portant d'abord l'épouvante & la con- sternation

sternation parmi les siens, les nôtres n'eurent plus aucune peine à en achever la défaite. Je vous en ai voulu écrire l'histoire toute entiere par le plaisir que je sai que cela vous fera. L'amour me devoit une si glorieuse avanture ; & c'est par lui que je l'ai executée : je n'attends que l'heureux moment de vous revoir pour lui en témoigner ma reconnoissance, en mettant à vos pieds la couronne & le manteau royal de ce perfide. Mais ma princesse, serai-je toujours malheureux par le même endroit ! & quand je serai venu à bout de me défaire d'un ennemi mortel, en trouverai-je toujours un autre en chemin, qui par des circonstances du tems pourroit bien n'être guére moins à craindre. Vous verrez du moins par la lettre qu'il vous écrit, & que j'ai ouverte, jusques où vont déja ses sentimens & ses desirs ; & combien la complaisance qu'on vous force d'avoir pour lui, pourroit nous être fatale. C'en est trop, & il est tems, si vous aimez ma vie & mon repos, de mettre fin à un commerce, où il ne peut y avoir ni goût ni gloire pour vous. La politique ne demande point que le comte votre pere sacrifie ce qu'il a de plus cher, pour des esperances fort douteuses. Nous aprendrons du tems si je me suis trompé ; mais je crains tout de gens naturellement infideles ; & j'ai bien peur qu'il ne se repente trop tard de la confiance qu'il a en eux. Il a été fort blessé dans le combat ; chacun en a eu sa part ; mais ayant

» peut-

» peut-être moins épargné ſa vie que les » autres, il a été un peu plus maltraité: » neanmoins il n'y a rien à craindre; & les » chirurgiens entre les mains de qui nous l'a- » vons mis, eſperent de le remettre bien- » tôt ſur pié. J'en écris aſſés au long à la » comteſſe; & je ne vous redirai point ici » les choſes dont je l'entretiens, puiſque » vous verrez ſa lettre. Je ne ſaurois ajoûter » à celle-ci que ce que je vous ai répété » mille fois, & dont je ſai que vous êtes » parfaitement perſuadée; qui eſt, qu'il n'eſt » point de moment que mon cœur & mon » eſprit ne ſoient avec vous, & que je ne » m'entretienne de vous; & comme il vous » arrive à peu près la même choſe à mon » égard, ce n'eſt pas être tout-à-fait ſe- » paré que d'être encore uni de cette ma- » niere. C'eſt du moins de quoi adoucir » un peu la douleur d'une ſi cruelle abſence. » Nous allons nous préparer à de nouvel- » les conquêtes, mais les lauriers ne nous » coûteront plus guére; les plus forts ſont » cueillis, & nous n'avons qu'à marcher » pour en trouver ſous nos pas. Je ne cher- » che d'en amaſſer que pour me rendre de » jour en jour plus digne de votre cœur. » Adieu, ma chere couſine, ne m'oubliez pas » un moment; ou vous me rendrez compte » à quoi vous l'aurez employé. Adieu.

LE PRINCE EBA.

Jamais coup de foudre qui tomba ſur la tête d'un homme ne l'étourdît de la force que le fut l'amoureux Maure en li-

ſant

sant cette lettre. La jalousie s'empara aussitôt de son ame; & il fut cent fois sur le point de la déchirer, mais un peu d'intervalle de raison lui ayant fait connoître qu'une lettre déchirée ne le rendroit pas plus heureux, & ne nuiroit en aucune maniere à son rival, il prit au contraire la resolution de la recacheter du mieux qu'il pourroit, & ayant rendu le paquet à son officier pour le remettre où il l'avoit pris, & poursuivre son chemin d'abord que l'axarat auroit fait son effet, il remonta à cheval & s'en retourna de nuit au camp. Il fut accablé des plus tristes & plus devorantes pensées tout le long de ce chemin. La jalousie, qui est une source inepuisable de mortels chagrins n'en étoit pas la seule cause; la honte d'avoir été la dupe d'un jeune prince, pour un homme comme lui qui se croyoit fort experimenté en amour, lui donnoit un depit mortel: il ne pouvoit digerer d'avoir fait son confident de son rival, & de n'avoir pas pris garde à mille choses qui devoient le lui avoir fait connoître, & ausquelles il faisoit reflexion depuis que cette lettre lui avoit ouvert les yeux. Ce sont de terribles momens que ceux que l'on passe entre deux aussi furieux ennemis, que la jalousie & la honte; sur tout pour un homme fier & orgueilleux comme étoit ce Maure, qui se voyoit d'ailleurs d'autant plus éloigné de ses esperances du côté de l'amour, que la place étoit prise, & qu'il n'y avoit pas lieu de pretendre en deposseder celui qui l'occupoit. C'étoit le comble de son dé-

sespoir:

ſeſpoir : il en fut tellement rêveur & melancolique durant pluſieurs jours, qu'on ne ſavoit ce qu'il avoit, cette humeur ne lui étant pas fort ordinaire. Il lui paſſa par l'eſprit bien de terribles deſſeins ; car enfin, quoi qu'au fond honnête homme, il étoit amoureux & Arabe, composé peu propre à inſpirer rien de moderé à un cœur comme le ſien, dans l'état où il ſe trouvoit : néanmoins il s'en remit au tems, pour ſuivre le conſeil qu'il lui pourroit donner ſelon les occaſions ; mais depuis ce jour-là il ne rechercha plus le prince ; & comme celui-ci n'étoit pas plus empreſſé pour lui, & qu'il étoit preſque toujours avec Abdelaſis, ils ne ſe voyoient plus gueres.

Cependant le gentilhomme du comte s'étant trouvé en état de remonter à cheval après quelques heures de ſomeil, qui étoit l'unique remede à ſon mal, pourſuivit ſon chemin avec l'officier Maure, qui lui fit accroire que le même accident lui étoit arrivé, & que c'étoit un effet du méchant vin qu'ils avoient bu. Ils traverſerent la mer à Gibraltar, & arriverent heureuſement à Ceuta, où les princeſſes étant d'abord averties de leur venue, jugerent à leur abord qu'ils n'avoient que d'heureuſes & agreables nouvelles à leur dire. Elles reçurent les lettres ; & la princeſſe dans l'impatience où elle étoit de lire celle de ſon amant, ne s'apperçut point qu'elle avoit été ouverte. La joye de ſon cœur fut entiere d'aprendre une ſi grande & ſi belle victoire, & de ſe voir entierement vengée, & cela par une main qui lui étoit ſi chere : c'étoit plus qu'elle qu'elle n'auroit osé desirer pour le comble de sa felicité. L'état où se trouvoit son pere moderoit un peu ses transports de joye; car elle en étoit extrêmement aimée; & c'étoit pour l'amour d'elle qu'il s'étoit mis en un si grand danger de la vie. Elle fit peu de reflexion sur la lettre du général; & elle croyoit tant devoir à l'amour, qu'elle ne vouloit point pour cette fois-là s'en plaindre de lui avoir fait naître un amant si peu conforme à ses sentimens, & qui ne pouvoit que lui faire de la peine. Enfin elle vouloit se donner toute la joie, car il y avoit long-tems qu'elle n'en avoit goûté de si parfaite. Elle ne se contenta pas de ce que contenoit sa lettre, ni de lire & relire plus d'une fois celle de sa mere; il fallut que ce gentilhomme lui racontât par le détail tout ce qui s'étoit passé dans cette memorable journée, & que même durant plusieurs jours il reprît le même recit, & répondît à plusieurs nouvelles questions qu'elle avoit à lui faire.

Pour la comtesse, le train de son amour étoit un peu plus tranquille; elle aimoit plus commodément. Elle s'étoit informée du charmant Abdelasis, & avoit appris qu'il avoit fait des merveilles dans cette bataille; qu'il avoit été blessé comme les autres généraux, mais que sa blessure n'étoit rien, & qu'elle ne lui servoit que d'ornement & d'occasion d'employer la belle écharpe qu'elle lui avoit donnée. Elle étoit contente: ses emportemens n'alloient qu'à la joie & au plaisir: Elle fuioit les peines, & ne vouloit pas seulement songer à ce qui étoit capable de lui en donner. Lamitié conjugale n'étoit pas ce qui occupoit le plus son esprit: Elle en avoit si peu pour le comte son époux, que la nouvelle de toutes ses blessures ne fit pas sur elle la moindre impression d'inquiétude. Elle en avoit seulement sur l'avenir, parce que le prince son neveu lui mandoit que l'armée passeroit tout l'hiver en campagne; & que le goût des conquêtes portant tous ces nobles guerriers à les pousser aussi loin qu'ils pourroient, lorsqu'ils auroient assés de troupes pour cela, il étoit à craindre que l'expedition ne fût plus longue que ses amoureux desirs ne lui pouvoient permettre. C'étoit de quoi elle ne s'accommodoit pas; & il lui pesoit fort de se voir reduite à passer sa vie dans un desert aussi triste que Ceuta étoit devenu depuis cette guerre, qui en avoit entraîné tout ce qu'il y avoit d'hommes un peu raisonnables. Cette seule pensée l'embarrassoit, & lui faisoit de la peine; mais elle crut avoir trouvé le plus beau secret du monde de s'en guerir, & d'aller prendre part aux réjouissances de la victoire. Le pretexte qu'elle imagina pour cela, fut de vouloir voir par ses propres yeux en quel état étoit le comte: cela étoit assés naturel, & personne ne pouvoit que louer une pareille inquietude & l'empressement de se rendre auprès de lui. Cette pensée ne lui vint pas plus tôt dans l'esprit, qu'elle la crut la mieux imaginée du monde, comme la plus favorable à ses desirs. Elle resolut tout de bon de la mettre à execution; & elle en parla

à

à sa fille pour être de la partie. La princesse n'y fut pas contraire ; parce qu'elle y trouvoit ses interêts, & qu'elle ne desiroit pas moins qu'elle de voir ce qu'elle aimoit, se faisant d'abord un plaisir de le surprendre par son arrivée ; & que d'ailleurs elle avoit de quoi se décharger sur sa mere auprès du comte de l'entreprise de ce voyage, en cas qu'il trouvât mauvais qu'on l'eût fait sans ses ordres ; la bienseance ne permettant pas qu'elle demeurât seule à Ceuta.

Voilà donc nos deux illustres amazones qui se préparent avec grand soin & beaucoup de diligence pour se rendre au camp ; & comme il faut bien plus d'attirail & d'équipage pour les expeditions des dames que pour celles des cavaliers, à peine huit jours leur suffirent pour leurs preparatifs ; & pendant ce tems-là le gouverneur Maza ayant reçû l'avis d'une si fameuse victoire, & que le comte se trouvoit fort blessé, crut qu'il étoit de son devoir d'en envoyer faire les complimens aux deux princesses : & pour cela il leur dépecha un officier de bonne mine avec une suite de trente cavaliers en fort bon ordre. Ils arriverent à Ceuta sur le point qu'elles alloient s'embarquer, & la ceremonie de ce compliment retarda encore leur voyage d'un jour ; mais ce fut encore un nouveau pretexte pour le mieux faire approuver au comte, par le soupçon qu'il seroit facile de lui jetter dans l'esprit que le gouverneur, sous l'ombre d'un devoir de civilité n'eût eu quelque envie de faire enlever la princeſſe ; un cortége de trente cavaliers étant peu neceſſaire pour de ſimples complimens.

Elles partirent enfin, & leur arrivée au camp ne manqua pas de ſurprendre le monde ; car on ne les y attendoit pas : mais perſonne n'en jugea mal, & on l'attribua à l'inquietude qu'elles avoient eue de l'état du comte. Pour Tarif il étoit devenu un peu plus ſoupçonneux, depuis que la jalouſie l'avoit ſaiſi ; & ne ſachant point ſi ce voiage n'étoit pas l'effet de quelque billet ſecret, que le prince ſon rival pouvoit avoir écrit en particulier à la princeſſe, ſon chagrin redoubla, & il ne ſentit pas ſi bien la joye qu'il auroit eu ſans cela de pouvoir voir tous les jours ce qu'il avoit de plus cher au monde. Mais toutes ces fumées ſe diſſiperent peu à peu par la préſence de la belle princeſſe ; car quoique ſa jalouſie augmentât tous les jours, par les ſoins qu'il prenoit d'obſerver continuellement ces deux amans, il aimoit à la voir & ſe flatoit encore de l'eſperance d'en être un jour aimé, puiſqu'elle n'avoit pas le cœur inſenſible. Les réjouiſſances recommencérent plus que jamais pour l'amour de ces deux princeſſes. Elles avoient entraîné à leur ſuite quantité de dames, de demoiſelles, femmes & maitreſſes de pluſieurs officiers : chacun vouloit paroître, & ſe ſervir de ce que la fortune lui avoit fait tomber en partage dans la bataille ; & ce n'étoit tous les jours par tout le camp que cadeaux & magnificence. La comteſſe étoit la princeſſe du monde la plus propre à donner un méchant

méchant exemple aux autres femmes : elle couroit par tout, & vouloit être de tout ; & profitant de l'indisposition du comte, qui étoit obligé de garder encore le lit ; elle se donnoit carriere plus que jamais, & toujours avec son cher Abdelasis. Pour la princesse, toujours sage ; toujours prudente, & enfin toujours elle-même, elle ne sortoit point de la tente de son pere, & ne parloit à qui que ce fût qu'en sa presence : non pas même à son cher cousin, si bien que quoique Tarif y fît cent voyages & cent entrées par jour, il ne la put jamais surprendre seule, ni l'engager à aucune promenade ni autre divertissement, dont elle s'excusoit toujours sur l'état de son pere.

Ce général ne vivoit pas, il languissoit d'amour & de jalousie : mais outre cela deux choses l'avoient extrêmement changé ; la fierté d'une si éclatante victoire, qui lui inspiroit de jour en jour de plus vastes desseins ; & le depit de s'être cru aimé de cette princesse, & d'avoir inutilement soupiré pour elle depuis si longtems. Toutes ces passions l'occupoient tour à tour & lui donnoient de furieuses agitations, en sorte que ce n'étoit plus en effet le même homme : mais son ambition étoit neanmoins celle qui le devoroit le plus. Il n'en avoit jamais tant eu, parce qu'il ne s'étoit jamais trouvé en si beau chemin, & que jamais homme de sa sorte ne l'avoit poussé si loin. Il regardoit la conquête de l'Espagne comme une élevation à laquelle la fortune l'appelloit, & dont il feroit indigne s'il n'en profitoit pas. Il voyoit le calife son maître à quatre ou cinq cens lieues de lui engagé dans des guerres qui lui donnoient assés d'occupation ; le gouverneur Maza trop foible pour être à craindre ; les soldats & gens de guerre tous pour lui ; & les Goths, qu'il favorisoit en toute rencontre, plus assidus à lui faire la cour qu'à leur propre général le comte Julien, qui n'avoit jamais su se faire aimer de personne. Il n'y avoit que le prince Eba, pour qui il leur remarquoit un fort grand attachement ; comme s'il eût falu que ce prince l'eût traversé dans tout ce qu'il avoit le plus à cœur. C'étoit dequoi le lui rendre bien odieux, car la jalousie d'ambition n'est pas moins violente que la jalousie d'amour ; & le merite extraordinaire qu'il reconnoissoit en ce prince ne faisoit que fomenter davantage en lui l'une & l'autre. Néanmoins ce qui l'inquietoit le plus alors, c'étoit de le voir tous les jours aussi assidu que lui auprés de la belle princesse, & il se tourmentoit l'esprit à trouver un moyen de l'en éloigner sans qu'il pût s'en défendre. Il crut qu'il n'en manqueroit pas quand l'armée se remettroit en marche ; & qu'en lui donnant quelque corps à commander en particulier, avide de gloire comme il étoit, il ne voudroit pas refuser l'occasion de se signaler. Il n'attendoit pour cela qu'un nouveau secours de troupes, mais il ne s'étoit pas tellement reposé de cela sur la bonté & la diligence du gouverneur, qu'il n'eût écrit à ses amis, & qu'il n'eût donné ordre à l'officier qu'il lui avoit envoyé de faire des recrues ĉrues à ses propres frais & dépens : mais la fortune avoit en cela secondé ses desirs plus qu'il n'avoit osé esperer ; car cette derniere victoire avoit fait un tel bruit dans les deux Mauritanies, que les Maures passoient tous les jours la mer pour se venir renger deux-mêmes sous ses étendarts ; & l'on voyoit à peu prês faire la même chose aux Goths, qui avoient quelque inclination pour la maison des Wambas : de sorte que l'armée grossissoit à tous momens, & se trouvoit déja de plus de trente mille hommes quand les princesses y arriverent.

Comme le nombre en augmentoit encore tous les jours, & que l'ambition & l'amour ne donnoient point de tréve au cœur ni à l'esprit de ce général, il resolut, sans attendre de plus grands renforts, de mettre à execution ce qu'il meditoit. Le comte commençoit à se mieux porter, tous les autres blessés de l'armée se trouvoient assés bien retablis ; & voyant son armée déja en état d'entreprendre quelque chose, ou du moins de pouvoir sans rien craindre entrer plus avant dans un pays où tout fuioit devant eux, il crut qu'il pouvoit hardiment se mettre en marche & profiter de la terreur où sa victoire avoit jetté les Espagnols. Il en confera avec le comte, & lui dit que son dessein étoit même, pour faire plus d'éclat, de diviser son armée, & de frapper deux coups à la fois en attaquant Cordoue & Malaga : qu'il croyoit que le siege de la premiere conviendroit fort bien au prince son neveu, tant parce qu'il lui seroit facile d'y avoir quelque intelligence par le moyen du roi Witiza ſon pere qui y étoit encore priſonnier, que parce que c'étoit un pays de mécontens qui le viendroient joindre d'abord qu'ils ſauroient qu'il commanderoit cette armée en perſonne : & que pour eux ils s'avanceroient vers Malaga, où ils ſeroient un peu plus à portée des ſecours & des recrues qui lui venoient journellement d'Afrique. Le comte approuva fort tous ces deſſeins-là, tant pour la gloire qui en reviendroit à ſon neveu, qui ſe mettroit en train de faire des conquêtes de ſon chef, que parce qu'il eſperoit d'avoir auſſi quelque commandement en perſonne : & de partager avec les autres le titre de conquerant, pour être plus digne de la couronne qu'il s'imaginoit ne lui pouvoir manquer. Mais ce qui lui faiſoit encore plaiſir dans la reſolution du general, & ce qui l'obligea même à lui faire preſſer la marche de l'armée; c'eſt qu'elle lui fourniſſoit un pretexte plauſible pour renvoyer ſa femme & ſa fille, qui lui étoient preſque également à charge, ſa femme à cauſe de ſes folies accoutumées, & ſa fille par la perſecution qu'elle lui attiroit, quoi que malgré elle, des viſite de ce général qui étoit nuit & jour chés lui.

Le prince fut d'abord ébloui de ſe voir honoré du commandement en chef de cette armée, & d'une entrepriſe comme celle-là ; ou quand bien même tout autre que lui y eût commandé, il ne pouvoit par bienſéance ſe diſpenſer de ſe trouver & de mettre tout en uſage pour la délivrance du roi ſon pere qui y étoit priſonier. Il ne penetroit

troit pas le but de Tarif, qu'il croyoit être toujours la dupe de son amour, par les fausses confidences que ce general lui faisoit encore quelque fois, pour le mieux tromper & le mener où il desiroit. La dissimulation a toujours été d'une grande pratique parmi les nations du Levant, & les Arabes y excelloient & en faisoient une de leurs principales vertus. Tarif, qui s'y étoit nourri toute sa vie, en auroit trompé de plus fins que ce jeune prince; mais il ne faisoit que lui rendre ce qu'il lui prétoit, & c'étoit entre eux dissimulation pour dissimulation: avec cette difference neanmoins, que le Maure savoit que le prince le trompoit; c'étoit un grand avantage qu'il avoit sur celui-ci, qui ne croyoit pas avoir seulement raison de se défier de son rival. Il se determina donc avec beaucoup de joye à accepter le commandement qu'on lui offroit. Si quelque chose eût été capable de la troubler, c'auroit été de se separer de sa chere cousine, lorsqu'il pouvoit jouir encore des heureux momens d'être avec elle; mais comme'il apprit en même tems du comte qu'elle alloit partir avec sa mere pour s'en retourner à Ceuta, cela le consola; & il ne songea plus qu'à se preparer pour marcher vers Cordoue quand le general le trouveroit bon. Il n'attendit pas long-tems; car Tarif avoit plus d'envie de se défaire de lui, que le prince n'en avoit de se mettre en marche: & pour ne lui donner même pas le tems de faire de grands adieux, il prit pour pretexte qu'il venoit de recevoir avis qu'on faisoit dessein de fortifier Cordoue

doue, dans la crainte qu'on y avoit d'un siege, & qu'ainsi il n'y avoit pas de tems à perdre pour s'y rendre.

Le prince, quelque passionné qu'il fût pour la gloire, & qu'il n'eût pas voulu perdre une si belle occasion d'en acquerir, se trouva alors un peu trop pressé au gré de son cœur pour celle qu'on lui presentoit. Il auroit voulu auparavant voir partir la princesse, & ne la pas laisser dans l'armée quand il s'en éloignoit : mais le general avoit fait trouver bon au comte que pour plus de seureté & de bien-seance la comtesse sa mere & elle viendroient avec l'armée jusques à Malaga, où l'on auroit plus d'occasion & de commodité de les faire embarquer & de les envoyer avec convoi ; de sorte que le prince eut encore en partant cette mortification qui ne fut pas sans jalousie, comme s'il eût deviné ce qui en devoit arriver.

La princesse, comme il prenoit congé d'elle, lui fit voir aussi quelque trait de la sienne, sur ce qu'il alloit assieger une ville où elle avoit une dangereuse ennemie, qui n'auroit peut-être pas si bien éteint le feu qu'elle avoit conçu autrefois pour lui, qu'il ne pût se ralumer en le revoyant : & elle trouvoit cela un peu delicat dans une absence & lorsqu'il n'y auroit personne pour examiner ce qu'il feroit, puisqu'en sa presence même il s'etoit passé entre cette reine & lui bien des choses qui ne lui avoient pas plu. Le prince tâcha de la rassurer par de nouveaux sermens d'une fidelité scrupuleuse, lui promettant de ne voir pas seulement cette princesse. Il lui demanda la même me chose pour lui à l'égard du general; non pas qu'elle pût s'empêcher de le voir, ni qu'il voulût exiger cela d'elle, pourvu que ce fût toujours avec ses précautions accoutumées, c'est à dire en presence de son pere. La princesse lui repondit que son inquiétude ne dureroit pas long-tems, puisqu'elles ne seroient pas plus tot arrivées devant Malaga, qu'elles s'embarqueroient, selon les desirs de son pere qui avoit une grande impatience qu'elles retournassent à Ceuta; & que le voyage n'étant pas bien long, & le tems d'une marche peu propre à des conversations particuliéres, il devoit être en repos de ce côté-la. Elle lui témoigna aussi que ce ne seroit pas la même chose du sien: qu'elle ne savoit pas combien de tem dureroit ce siége, ni ce qui s'y passeroit, & encore moins ce qu'il arriveroit après que la ville seroit prise; & si la pitié de voir une malheureuse princesse ainsi abandonnée ne feroit pas l'office de l'amour, & si la génerosité même si naturelle aux grandes ames ne surprendroit pas la sienne, & ne s'en méleroit pas un peu trop.

C'est ainsi que ces tendres amans se faisoient un aveu mutuel de leurs craintes & de leurs inquiétudes. L'adieu se fit enfin, avec une sensibilité égale de part & d'autre; & le prince ne songea plus qu'à aller où la gloire l'appelloit.

Abdelasis, qui étoit toujours en émulation pour ce prince, quoiqu'il fût extrêmement de ses amis, voulut un peu de mal à Tarif de n'avoir pas songé à lui pour ce siége, & d'en avoir donné à son préjudice le com-

commandement à un étranger, ou du moins de ne l'avoir pas partagé entre eux deux. Il ſentoit d'ailleurs quelque peine de ſe ſéparer d'un ami pour qui il avoit beaucoup d'attachement, & avec qui il avoit coutume de paſſer d'agréables momens dans l'armée; & las d'être aſſujetti à un general qui avoit quelque choſe de rude & de trop fier pour lui dans ſon commandement, parce qu'il le traitoit quelquefois en jeune homme, il prit tout d'un coup la réſolution d'aller cavaliérement & en qualité de ſimple volontaire à ce ſiége avec le prince. Cette idée ne lui fut pas plus tôt tombée dans l'eſprit, que, comme il lui reſtoit peu de tems à s'y préparer, il fut droit à ſon general pour lui en demander la permiſſion. Tarif la lui accorda, d'autant plus volontiers que cela faiſoit à ſes fins; tant parce que la comteſſe, toute occupée de ce jeune Maure, n'avoit plus d'égard pour lui, que parce qu'il délivroit le comte d'une fâcheuſe & continuelle inquiétude, & qu'il ſeroit moins difficile à ſe laiſſer perſuader de laiſſer les deux princeſſes ſuivre l'armée, comme il avoit deſſein de faire.

Abdelaſis, bien content que ſon general ne ſe fût point oppoſé à ſon deſſein, courut de-là à la tente de ſon cher prince: & entrant avec ſa gayeté ordinaire; refuſerez-vous, lui dit-il, mon prince, un jeune volontaire que je viens vous offrir pour groſſir votre armée, & qui ſera ravi de combattre ſous vos ordres? Le prince qui ne s'imaginoit pas que ce fût de lui qu'il parlât, lui répondit qu'il ſeroit fort agréablement

blement reçu venant de sa main, mais que le plaisir en seroit plus grand s'il y en avoit deux mille ; parce que les troupes que le general lui donnoit n'étoient pas suffisantes pour une entreprise comme celle qu'il alloit executer. Je ne puis pas vous en offrir tant, lui répartit le jeune Maure, mais l'on vous traite en grand capitaine, dont la tête & le bras font toujours la moitié d'une armée. D'un autre que d'Abdelasis, lui repliqua le prince, cette petite raillerie seroit peu de mon goût, mais tout est agreable d'un cher ami. Il est si peu vrai, reprit le Maure, voyant que le prince se mettoit sur soi serieux, qu'en cela je cherche à railler, que je préfere l'honneur de combattre sous vous à celui de suivre notre general. Que veut dire cela ! interrompit le prince Goth. Cela veut dire, reprit le Maure, que vous voyez en moi le volontaire dont je vous parle, qui autant par estime que par amitié se vient enrôler sous vos enseignes, s'il vous plaît d'avoir la bonté d'agréer que j'aye cet honneur. Le prince, qui croyoit encore qu'Abdelasis vouloit rire, parce que c'étoit son humeur ordinaire, lui repartit en l'embrassant, qu'il ne lui appartenoit pas d'avoir des volontaires de sa force ; que par tout où il auroit quelque commandement, il pourroit le partager avec lui ; mais qu'il ne croyoit pas qu'il voulût quitter une armée qui étoit destinée pour les grandes expeditions, pour se voir à la tête de quelques bataillons, qui n'étoient pas en état de faire rien de considerable, si la fortune des armes ne le favorisoit.

rifoit. Abdelafis lui fit entendre que c'étoit tout de bon qu'il parloit ; & qu'il avoit déja la permiffion du general. Sur quoi le prince l'embraffant pour la feconde fois, lui en témoigna fa joie, & lui fit toutes les honnêtetés imaginables pour ce qui regardoit le commandement.

Ils confererent enfemble fur les moyens d'obtenir de Tarif encore deux mille hommes de plus ; car leur détachement n'étoit que de dix mille hommes, favoir fix mille Maures & quatre mille Goths : c'étoit bien peu pour une ville comme Cordoue ; non pas qu'elle fût forte d'elle-même, car les fortifications en avoient été démolies ; mais elle étoit grande, bien peuplée, dans une fituation fort avantageufe, avec un château encore en affés bon état pour fe bien défendre, s'il y eût eu une garnifon raifonnable. Abdelafis voulut bien fe charger d'en parler au general ; mais il ne put rien lui perfuader là-deffus, ni en rien obtenir : il lui répondit qu'il ne pouvoit pas affoiblir davantage fon armée ; parce qu'il devoit faire tête par tout, & que ce n'étoit pas trop que de vingt à vingt-deux mille hommes qui lui reftoient pour cela ; qu'il favoit fort bien que Cordoue étoit une ville ouverte de tous côtés ; que les habitans ne pouvoient en fi peu de tems avoir fait de grandes réparations ; que le château étoit peu de chofe ; qu'il étoit bien informé qu'il n'y avoit qu'une fort médiocre garnifon, & que la plûpart des habitans s'étoient retirés plus avant dans le pays : mais que quand le prince fe trouveroit

court

court avec les troupes qu'il avoit, il seroit bien-tôt à portée de lui envoyer après la prise de Malaga tout le secours dont il auroit besoin.

La verité étoit, que l'intention du jaloux general étant de faire tirer ce siege en longueur autant qu'on pourroit, pour y amuser le prince & lui faire même recevoir un affront; il n'avoit garde de lui donner un plus grand nombre de troupes. Les officiers même qu'il avoit mis dans ce détachement, & qui devoient commander sous le prince, avoient des ordres secrets qui répondoient à ces mêmes vûes, & de s'opposer à tout ce que leur commandant voudroit entreprendre de contraire; de sorte que ce ne fut pas grande merveille qu'Abdelasis ne pût rien obtenir de lui sur ce chapitre: néanmoins ce jeune Maure, pour faire plaisir à son ami, ne laissa pas de mener avec lui trois ou quatre cens volontaires des plus braves de l'armée, qui y étant tous venus avec lui pour faire leur cour au gouverneur son pere, ne dépendoient point du general Tarif, & pouvoient suivre par tout Abdelasis. Cela fit quelque dépit au general; mais ne pouvant pas l'empêcher, il n'en témoigna rien & les laissa partir.

Les deux armées se séparerent, & se mirent en marche le même jour; celle de Tarif prenant sa route vers Malaga, & celle du prince vers Cordoue. La comtesse, qui n'eut avis du dessein de son cher chevalier qu'après qu'il se fut engagé pour l'expedition de Cordoue, fit inutilement tout ce qu'elle put pour l'en détourner ; ce cavalier lui dit pour excuse qu'il en avoit donné sa parole, & qu'il lui seroit toute sa vie reproché par les siens de l'avoir retirée pour suivre une dame, comme une foiblesse indigne d'un homme qui faisoit profession de porter les armes. La comtesse n'ayant pu rien gagner sur cet amant, qui paroissoit fort las & fort ennuyé d'elle, tourna tout son chagrin contre Tarif, qu'elle crut l'auteur d'un tel conseil, par la jalousie qu'il avoit d'elle aussi-bien que de sa fille, ayant été bien aise d'écarter deux hommes qui lui faisoient de la peine : mais elle esperoit de s'en venger, en partant de l'armée avec sa fille, dès le moment qu'on seroit arrivé devant Malaga. Neanmoins ce géneral, qui avoit repris sa belle humeur depuis qu'il n'avoit plus de rival devant ses yeux, sut si bien faire son devoir auprês d'elle, & se justifier au sujet de la résolution d'Abdelasis, à laquelle il n'avoit en effet aucune part, qu'enfin la paix se fit avant qu'ils fussent à Malaga ; & ils redevinrent meilleurs amis que jamais. C'étoit la politique de Tarif, parce qu'il savoit le besoin qu'il avoit d'elle.

Le comte eut tout de bon de la joye que ce jeune Maure les eut quittés : car quoique sa résolution fût toujours de se défaire de sa femme, & de la renvoyer avec sa fille à Ceuta comme un bagage fort incommode pour lui, c'étoient encore quelques jours de chagrin épargnés, pendant lesquels il esperoit du moins d'avoir le loisir d'entretenir sa femme ; ce qu'il n'avoit pas encore

trouvé

trouvé le moment de faire depuis qu'elle étoit auprès de lui : mais un homme qui est destiné à être malheureux, manque rarement de sujets de se plaindre, principalement avec une femme du temperament de la comtesse. Le comte l'éprouva bien, mais heureusement pour lui il s'y étoit accoutumé ; & elle ne s'étoit même donnée à lui, qu'aux conditions qu'elle vivroit comme il lui plairoit. Il n'est pas des mariages des grands comme de ceux du vulgaire : avec ceux-ci un homme est le maître, & en droit de redresser sa femme quand il trouve qu'elle ne marche pas à son goût ; mais avec ceux-là c'est de maître à maître, & malheureux l'époux qui a rencontré une femme boiteuse ; il n'y a qu'à la laisser clocher, s'il ne veut pas qu'elle le tourne encore en ridicule. C'étoient des maximes que le comte savoit par cœur, & qu'il mettoit fort bien en pratique. Néanmoins il est d'un homme prudent d'éviter, autant qu'il peut, les occasions : & c'étoit ce qu'il avoit résolu de faire d'abord qu'on seroit arrivé à Malaga.

L'armée se trouva devant cette ville le sixiéme jour, & Tarif la fit d'abord sommer de se rendre ; mais les habitans firent bonne contenance, & témoignerent d'être résolus de se défendre. Cependant, s'étant vûs menacés de brûler leurs maisons de plaisance, & qu'on eût même commencé par les agréables jardins qu'ils avoient autour de la ville, le courage leur manqua ; & ils eurent recours à la princesse, pour leur faire obtenir des conditions avantageuses.

geuses. Elle s'employa avec plaisir pour eux ; n'ayant pas oublié ceux qu'ils lui avoient fait, lorsqu'elle passa par leur ville, & qu'elle s'embarqua pour passer en Afrique, lui ayant fait present de toutes sortes de rafraichissemens, & lui ayant fourni des bâtimens de transport pour son passage. Ses priéres ne furent pas inutiles; mais on croit que ce fut Tarif qui fit donner aux habitans ce conseil qui leur fut fort avantageux ; car ce general ayant remis par une générosité d'amant la capitulation à sa maitresse, & pris même occasion de-là de lui faire entendre, qu'il esperoit de mettre les choses en tel état qu'elle pourroit disposer un jour de même de la couronne d'Espagne, la princesse qui n'en demandoit pas tant, se contenta, suivant l'avis de son pere qui vouloit commencer par cette ville à s'attirer l'affection des peuples, d'accorder à ceux-ci la liberté entiere de leur religion avec tous les privileges dont ils avoient joui pendant le regne des Goths. Tarif n'exigea d'eux que quelques contributions pour les frais de la guerre ; à quoi ils se soumirent volontiers. Cela obligea fort le comte; mais l'amoureux general, qui avoit ait differer de jour en jour le départ des princesses jusqu'à la prise de la ville, prit occasion de-là de lui dire, qu'il pouvoit juger du bon effet que pouvoit produire la presence de sa fille, en faveur de laquelle on avoit pris les armes; parce que tous les peuples se soumettroient plus facilement, par l'espérance qu'ils auroient d'obtenir par son moyen un peu plus d'indulgence ; &

que

que ce feroit de plus un glorieux avantage pour elle de se trouver par tout la médiatrice entre les Maures & les gens du pays : de sorte que son avis étoit, qu'il ne devoit point se presser de la renvoyer à Ceuta, où elle ne seroit pas mieux qu'auprês de lui.

Ce que ce general disoit étoit assés selon le cœur du comte ; mais il ne voyoit que trop qu'il ne parloit que pour le sien ; & que c'étoit l'amour qu'il avoit pour la princesse qui le faisoit agir de cette maniere. Il ne fit pas semblant de s'en appercevoir, & ne lui répondit qu'ambiguement, pour avoir le tems de songer à ce qu'il feroit. Il n'y a pas de caractere d'homme plus propre à se rendre esclave de toute sorte de gens, qu'un homme ambitieux de commander aux autres : il a autant de maîtres qu'il trouve de personnes qui lui sont necessaires ; & il ne laisse rien échaper de tout ce qui peut servir à ses fins.

Le comte se sentoit si accablé des chaînes où le tenoit Tarif, qui étoit nuit & jour dans sa tente, & qui avoit pris tant d'autorité chés lui par ses manieres de grandeur & par sa liberalité, qu'il y commandoit & y étoit obéi en maître ; qu'il ne se seroit pas encore rendu à ses persuasions, s'il ne lui eût fait voir des avis secrets par lesquels on lui mandoit que le gouverneur se preparoit à passer la mer, & à venir en personne lui amener un secours bien plus grand qu'il ne demandoit. Il fut d'autant plus allarmé de cette nouvelle, que le general lui laissa entre-voir, que ce vieux rusé Maza

n'étant

n'étant pas homme à sortir de son gouvernement sans des ordres exprês du calife, ni pour venir en Espagne où l'on n'avoit pas besoin de lui ; il falloit qu'il eût quelque dessein secret ; & qu'emporté comme il étoit dans ses passions, il y avoit du moins à craindre, s'il trouvoit la princesse seule à Ceuta & sans défense, qu'il ne se prévalût de l'occasion pour l'enlever, comme il en avoit bien fait d'autres.

Le comte n'étoit naturellement que trop défiant ; & la comtesse lui ayant déja donné les premieres impressions d'un tel soupçon, il fut d'avis d'autant plus de ne pas exposer sa fille à une si dangereuse avanture. Il haïssoit mortellement ce gouverneur, qui n'avoit rien fait pour lui que par force : il savoit dequoi il étoit en effet capable ; & quelque incommode que fût Tarif, il jugeoit que sa fille seroit encore avec plus de sûreté & de bienséance auprês de lui, que seule avec sa mere dans une ville où il n'étoit pas resté cent hommes de garnison. Il se détermina enfin à remettre leur départ à un autre tems ; & du moins jusqu'à ce qu'il eût vu plus clair dans le dessein du gouverneur. La capitulation de la ville fut signée ; & dès le quatriéme jour de siege, on y entra comme en triomphe. Tous les honneurs furent pour la princesse ; mais ce n'étoit pas dequoi la comtesse s'embarassoit que des honneurs : la joye & les plaisirs étoient son endroit sensible, & pourvû qu'elle y eût part, elle ne se soucioit point à qui elle les devoit. Elle n'eut jamais moins d'envie de retourner à Ceuta, que quand elle

elle se vit sur le point d'y aller : & quelque mécontente qu'elle fût de Tarif, tant au sujet d'Abdelasis qu'à celui de sa fille, pour laquelle ce general se déclaroit dans toutes les occasions, elle se seroit toujours volontiers racommodée avec lui, pour l'engager à rompre ce voyage ; mais ce racommodement étoit déja fait ; sa colere, sur tout contre un homme, ne duroit jamais vingt-quatre heures ; & Tarif lui avoit promis, que dès que le comte auroit pris sa résolution de les laisser suivre l'armée, il ne manqueroit pas de rappeller Abdelasis.

On fit peu de sejour à Malaga pour mieux profiter du tems, & pour ne donner pas le loisir aux ennemis de se reconnoître, & de revenir de la terreur où leur défaite les avoit jettés. On marcha droit à Exica, qui étoit une ville encore plus considerable en ce tems-là que Malaga. Pelage avoit eu soin d'y mettre un bon commandant ; & il s'y étoit jetté un grand nombre de fuyars de l'armée en déroute, avec plusieurs gens de la campagne, qui étoient tous résolus de s'y bien défendre. Il s'y fortifierent de jour en jour ; mais le plus nécessaire leur manquoit, qui étoit des vivres, dont il y avoit grande disette dans toute la province ; & qu'il falloit faire venir de trop loin, pour avoir le tems d'en amasser assés pour tant de monde, & pour soutenir un long siege : de sorte que se voyant surpris & prévenus par l'armée des Maures, qu'ils avoient pensé devoir être arrêtée plus longtems devant les murailles de Malaga, ils prirent une résolution digne de gens de cœur, qui fut de sortir les armes à la main,

&

& de périr en braves plutôt que de se laisser enfermer dans une ville pour y mourir de faim. Les Maures furent fort étonnés de cette hardiesse ; & qu'une troupe de gens, qui avoient été battus lorsqu'ils étoient deux fois plus forts, eût l'assurance & le courage de presenter la bataille à une armée victorieuse trois fois plus nombreuse que la leur. Le choc ne dura que deux heures, mais il fut cruel & sanglant ; les Goths combattoient en gens desesperés, & les Maures en furieux de trouver tant de résistance en une poignée de fuiars. La victoire fut entiérement du côté des Maures, mais elle leur couta cher ; car il y en eut plus de trois mille des leurs couchés sur le carreau, & de ceux du pays près de cinq mille. Les femmes & le reste des habitans qui n'avoient pu se trouver à cette bataille, suivant l'exemple de ces braves qu'ils jugerent bien n'en devoir pas revenir victorieux, se chargerent de tout ce qu'il y avoit de meilleur, mirent le feu à la ville, & se retirerent avec leurs enfans dans les montagnes de Grenade, où ils moururent presque tous de faim.

Les Maures, qui pour recompense d'une si sanglante victoire espéroient de faire un grand pillage dans Exica, consternés de la trouver réduite en cendres ; de rage se jetterent sur quelques petites villes presque désertes où il n'y eut pas grand butin à faire, & ne trouverent de la résistance qu'à Mentesa qu'ils prirent d'assaut, & où ils exercerent des cruautés inouies, tant les Goths que les Maures. De-là ils marcherent

à

à Illiberis, qui se rendit par capitulation; & d'Illiberis à Grenade qui suivit le même exemple, quoiqu'il y eût dedans une forte garnison: mais comme c'étoit une ville sans défense & d'une grande garde, elle eut recours à la faveur de la princesse, comme Malaga, Illiberis, & autres villes encore, & les Grenadins trouverent plus à propos de se rendre, que de resister quelques jours pour être traités de même que ceux de Montesa. Le séjour de Grenade parut si charmant à Tarif, qu'il y voulut laisser un peu rafraîchir son armée; mais ce n'étoit qu'un prétexte pour pouvoir donner quelques jours à l'amour, sans trouble & sans embarras: car la prosperité de ses armes n'avoit pas empêché qu'il n'eût été depuis quelque tems tout occupé des soins de la guerre, qui demandent un homme tout entier quand on y veut réussir, & sur tout pour un commandant.

On n'avoit point encore eu de nouvelles du prince, ni de ce qu'on avoit fait devant Cordoue, ce qui tenoit la princesse dans une grande inquiétude; & l'on voyoit dans ses yeux un air de mélancolie & de tristesse, qu'elle ne pouvoit cacher. Elle ne s'étoit arrêtée avec quelque plaisir à l'armée, que dans l'espérance d'etre plus à portée de recevoir des lettres de son amant, & de le revoir plus tôt au retour de son expedition. Elle lui avoit écrit de Malaga, pour lui donner avis que le comte avoit changé de dessein pour leur voyage de Ceuta. Elle étoit fort étonnée de n'en avoir point encore reçu de réponse; & elle l'attribuoit au peu de sure-

 té

té qu'il y avoit ſur les chemins pour les courriers par un tems comme celui-là ; mais cela venoit de ce que le general, jaloux du prince & de tout ce qui lui pouvoit faire plaiſir, y avoit mis bon ordre. Il ne les avoit pas ſéparés, pour leur laiſſer la liberté d'entretenir leurs cœurs dans la même union par un commerce de lettres ; & celle de la princeſſe n'avoit pas manqué de lui tomber entre les mains.

Cependant on n'eut pas été trois jours à Grenade, qu'il arriva un exprês de la part du prince : le general voulut bien qu'il parût, parce qu'il étoit informé qu'il n'avoit point de lettre pour la princeſſe, mais ſeulement pour lui & pour le comte, & c'étoit ſeulement pour les informer de l'état de ce ſiége, où ils avoient trouvé plus d'affaires qu'ils ne s'étoient imaginé. Il prioit le general Maure de lui envoyer quelque renfort de troupes, & le comte de s'employer à le faire partir le plus tôt qu'il ſe pourroit, pour qu'il n'eût pas la honte, pour ſa premiére expedition, d'avoir été ſi long-tems devant des murailles, où il s'enterreroit plutôt, que d'être obligé d'en lever le ſiége.

C'étoit des nouvelles que cela, mais ce n'étoit pas contentement pour le cœur de la princeſſe, qu'il n'y eût point de lettre pour elle. Elle jugea bien-tôt que ſon cher prince n'avoit point reçu la ſienne ; puiſque dans celle qu'il écrivoit à ſon pere, il n'y avoit pas un ſeul mot qui la regardât. Ce fut pour elle un étrange redoublement de chagrin & d'inquiétude. On le voyoit aſſés claire-

clairement dans toutes ses actions, & qu'elle n'avoit ni plaisir ni repos nulle part. Elle ne savoit à qui s'en prendre ; car elle ne s'imaginoit pas que Tarif se fût donné le soin de faire intercepter sa lettre : ce general ne lui avoit pas témoigné avoir le moindre soupçon de l'amoureuse intelligence qu'il y avoit entre le prince & elle ; & il avoit si bien caché sa jalousie, qu'il n'en avoit jamais rien paru. Mais pour achever de la désoler, il falut que ce dangereux rival, qui mettoit tout son esprit à traverser un si tendre engagement, lui vînt faire part, comme par maniere de devoir, de ce qu'on lui mandoit de particulier de l'armée du prince ; qui étoit, qu'on auroit pu avoir déja mis fin à ce siége, si les généraux avoient voulu : car on mettoit par honneur Abdelasis de ce nombre, quoiqu'il n'y fût allé qu'en qualité de volontaire ; mais que mêlant l'amour avec la guerre, ils n'étoient pas fâchés de le faire durer ; qu'ils donnoient le jour aux armes, & le soir aux dames ; qu'on avoit sur tout de grands égards pour la reine Egilone ; qu'elle venoit tous les soirs se promener sur la terrasse du château avec une grande suite de dames ; & que les généraux, accompagnés de tout ce qu'il y avoit de cavaliers plus galants dans l'armée, tant Maures que Goths, ne manquoient point de lui venir rendre leurs devoirs, & de l'entretenir jusqu'à la nuit ; qu'enfin c'étoient de grands soins & de grands empressemens qu'on avoit pour cette princesse ; & qu'il ne falloit pas s'étonner, si l'on ne s'ennuyoit point de la

 longueur

longueur de ce siége. Tout cela étoit vrai au pié de la lettre ; mais le rusé Tarif, qui avoit ses desseins, n'expliquoit pas les choses comme on les lui mandoit : il étoit bien-aise de laisser imaginer à la princesse, que toutes ces avantures regardoient son cher cousin ; qui cependant n'y avoit qu'une part fort inutile. Ce général étoit parfaitement instruit de l'histoire du prince avec la reine Egilone ; & comme il n'ignoroit pas le ravage que dans une absence la jalousie fait entre deux amans, il voulut commencer par là à en jetter de furieuses semences, pour les brouiller & tâcher de profiter de leur division.

Il est vrai que le cœur de la princesse n'étoit pas à une moins violente épreuve. Elle tomba tout d'un coup dans un si grand desordre de sentimens, qu'elle ne fut plus maitresse d'elle même. Elle changea deux ou trois fois de visage : elle ne savoit quelle contenance tenir, & fut long-tems sans pouvoir exprimer une seule parole. Le general qui remarquoit toutes ces agitations & qui étoit homme de pénetration, triomphoit dans son ame & ne faisoit semblant de rien, en continuant de lire deux ou trois lettres qui disoient toutes la même chose. Mais voici le détail de toutes ces affaires. Le prince s'étant mis en marche à la tête de son armée pour le siége de Cordoue, arriva devant cette place le 15. de Decembre ; il la fit investir, & dès le 16. on commença les approches. Il y avoit dedans deux mille hommes de garnison tous braves soldats, & sept à huit mille

mille habitans portant les armes, qui ne valoient guére moins; avec un commandant de la main de Pelage, homme de cœur, entendu dans le métier de la guerre, & qui étoit résolu de se signaler dans la défense de cette place. Il le fit assés connoître dans les premiéres sorties: elles furent chaudes; & les Maures, qui d'abord par mépris les menacerent de les chasser & de les faire rentrer dans la ville à coups de bâton, furent terriblement batus. Il pleuvoit beaucoup; & le tems n'étant pas fort propre pour avancer les travaux, & se servir des machines qui étoient en usage dans ce tems-là, l'armée peu nombreuse, quoiqu'elle augmentât tous les jours par de petites troupes de Goths mécontens qui s'y venoient rendre, & les Maures ne faisant pas avec le prince tout ce qu'ils auroient pu faire sous les yeux de leur general, ce siége alloit fort lentement; & il étoit fort à craindre d'y recevoir quelque échec : ce qui avoit obligé le prince à envoyer cet exprês pour demander quelque secours.

Néanmoins la reine Egilone, qui ne jugeoit de ces choses qu'en femme de peu d'experience pour la guerre; & qui se voyoit derriere des murailles élevées à la hâte & de peu de resistance, étoit nuit & jour dans des frayeurs mortelles de quelque funeste malheur. Il y avoit quinze jours que le siége duroit : la garnison & les habitans avoient fait des merveilles; mais cela ne pouvoit pas durer : les plus braves y étoient même demeurés, & le nombre en diminuoit de jour en jour : si bien que craignant qu'à la fin les Maures ne priſſent la ville d'aſſaut, elle réſolut de prévenir un coup qui ſeroit de la derniere fatalité pour elle, par le danger qu'elle pourroit courir comme toutes les femmes. Elle voulut preſſentir ſi le commandant ne ſeroit pas d'humeur à ſe rendre ; & lui offrit ſon entremiſe, pour lui faire obtenir du prince, ſur qui elle penſoit avoir encore beaucoup de pouvoir, la capitulation la plus avantageuſe & la plus honorable qu'il pouvoit ſouhaiter: mais elle trouva en cet officier, dont l'hiſtoire ne dit pas le nom, un homme opiniâtré à faire ſon devoir, & qui lui répondit qu'il ne s'étoit point enfermé dans cette ville pour ſe rendre comme un lâche, mais pour en faire ſon tombeau en cas que le ſort des armes voulût qu'il ne pût réſiſter à des traîtres & à des barbares, qui n'étoient entrés dans leur pays que pour les rendre tous eſclaves, & y planter le Mahometiſme. Que tous les habitans auſſi bien que les ſoldats étoient reſolus comme lui de défendre juſqu'à la derniere goute de leur ſang, leur liberté & leur religion ; & que ſi elle voyoit tant de ſujet de craindre pour elle, c'étoit à elle à employer ce pouvoir qu'elle diſoit avoir auprês du prince Eba, pour obtenir de lui la liberté de ſe retirer ailleurs, plutôt que de décourager les aſſiégés par des propoſitions honteuſes, & qui ne pouvoient que cauſer du trouble dans la ville. La reine lui repartit que tout cela étoit fort beau, & qu'elle auroit peut-être dit la même choſe, ſi elle avoit été homme ; mais que n'étant qu'une femme, elle

elle ne se piquoit que des vertus de son sexe : qu'elle avouoit qu'elle n'avoit pas assés de résolution pour attendre les derniéres extremités ; que cela ne convenoit même pas à sa dignité ; & qu'enfin, puisqu'il n'étoit point du tout d'humeur d'entendre parler de capitulation, elle suivroit le conseil qu'il lui donnoit, comme en effet le meilleur & le plus sûr parti qu'elle pût prendre ; & qu'elle envoyeroit dès ce jour-là même un gentilhomme au prince, pour avoir avec lui une entrevue d'une demi-heure, & lui demander la liberté de sortir de la ville, & une escorte pour la conduire jusqu'à Tolede. Le commandant, qui bien loin de s'opposer à ce dessein, auroit été ravi d'être défait de cette princesse & de plusieurs autres dames, qui ne pouvoient que nuire à la glorieuse fermeté des habitans, y donna volontiers les mains, & lui dit même qu'elle ne pouvoit mieux faire.

Le prince étoit dans sa tante avec Abdelasis : ils raisonnoient ensemble de l'impossibilité qu'il y auroit de se rendre maîtres de cette ville, si le general ne leur envoyoit pas le secours qu'ils lui avoient demandé ; parce que la garnison avec les habitans faisoient une armée presque de la force de la leur, quand on lui vint dire qu'un gentilhomme demandoit à lui parler de la part de la reine. Au nom de la reine le prince sentit dabord son cœur tout agité, & ne put s'empêcher de rougir. Le Maure son ami l'ayant remarqué, en fut surpris, comme un homme qui n'avoit aucune con-

connoissance de ses avantures amoureusses, ni avec la reine ni avec la princesse; & se mettant à rire; qu'y a-t-il donc, mon prince, lui dit-il, que je vous vois devenir tout d'un coup rêveur pour l'ambassade d'une reine? Vous qui êtes le plus galant de tous les hommes, cela devroit-il vous embarasser si fort? Laissez entrer ce gentilhomme; car j'ai moi-même impatience d'apprendre dequoi il est question. Peut-être a-t'on envie de se rendre, & que les affaires de cette ville vont plus mal que nous ne croyons. Le prince qui avoit eu le tems de se remettre un peu, se prit à rire aussi du trouble qui l'avoit surpris; & ne voulant pas laisser croire à son cher Maure qu'il y eût du mystére entre lui & cette princesse; Ce n'est rien, lui dit-il, de tout ce que vous pouvez vous imaginer, qui a obligé la reine à me dépêcher cet homme: je connois le commandant de la ville, & sai fort bien qu'il n'est pas homme à demander de capituler qu'à la derniere extrêmité; & nous ne voyons que trop, qu'il n'est pas encore réduit en cet état: mais si vous m'avez vu d'abord pensif, c'est que je cherchois à deviner ce que la reine pouvoit souhaiter de moi: je ne voudrois pas la voir; & je crains que ce ne soit quelque entre-vue qu'elle me veuille faire demander. Abdelasis tomba encore dans un plus grand étonnement, de l'entendre parler de cette maniere; & le pria de lui dire depuis quand il étoit devenu si scrupuleux & si délicat, & sur tout à l'égard d'une princesse dont il lui avoit fait

un

un portrait si avantageux tant du côté de l'esprit que de celui du corps, si ce n'étoit, qu'il craignît de succomber au pouvoir de ses charmes jusqu'à oublier le devoir d'un general. Le prince, voyant que son ami railloit, ne voulut point se donner une vanité de jeune homme par la confidence de ses affaires avec la reine, en lui avouant qu'il avoit été autrefois assés bien avec elle; mais pour donner pourtant quelque prétexte au trouble où il l'avoit vû, il ne laissa pas de lui dire qu'il avoit été en partie la cause du malheur de cette princesse, & qu'il ne vouloit pas s'exposer à essuyer certains reproches qu'elle lui pourroit faire. Abdelasis ne fit que rire de ces raisons; & lui dit en se levant, que quoique Maure il n'étoit pas si aisé de lui faire prendre le change; qu'il se seroit attendu à un peu plus de sincerité de sa part; qu'il devoit le connoître, depuis le tems qu'il avoit l'honneur de le voir & qu'il se cachoit si peu; mais qu'il l'alloit laisser en liberté d'entretenir ce gentilhomme. Le prince l'arrêta, & lui dit d'un air serieux, qu'il le prenoit mal; & que ce qu'il venoit de lui dire étoit d'un homme, qui avoit une fort grande confiance en lui; qu'il lui feroit voir, quand il voudroit, qu'il n'y avoit point de secret dans sa vie dont il ne voulût lui faire part; & que ceux qui se pouvoient passer entre lui & la reine étoient des moins importans de ceux qu'il lui voudroit dire. Et là-dessus il donna ordre qu'on fît entrer le gentilhomme de la reine. Il étoit connu du prince, qui l'avoit vu à la cour de

Roderic ; & d'abord qu'il fut en sa presence, il lui dit qu'il venoit de la part de sa maitresse, qui persuadée, malgré la guerre qui avoit divisé leurs interêts, qu'il n'avoit pas oublié ce qu'elle avoit été & ce qu'elle étoit encore au milieu de sa mauvaise fortune, esperoit qu'il voudroit bien pour l'amour d'elle consentir à quelques heures de trêve, pour qu'elle pût l'entretenir quelques momens de dessus la terrasse du château, dont il pourroit en toute sureté s'approcher aussi-près qu'il voudroit, le commandant de la ville lui ayant donné sa parole de garder religieusement la suspension d'armes qu'il y auroit pour cela.

Le prince, après avoir rêvé quelques momens, répondit à ce gentilhomme qu'il pouvoit assurer la reine qu'on auroit toujours pour elle tout le respect & tous les égards qu'on lui devoit : que s'il y avoit à lui rendre service en quelque chose, elle n'avoit qu'à lui faire savoir ses ordres : mais que pour ce qui regardoit un entretien particulier, il la prioit de l'en dispenser ; parce que cela ne seroit bon à rien, & qu'il ne vouloit point donner matiére d'ombrage aux Maures leurs alliés. Comme il ne put achever ces derniers paroles sans soûrire en regardant Abdelasis, ce jeune Maure lui dit du même air, qu'il le supplioit fort de vouloir bien ne point charger sa nation d'une si méchante excuse ; qu'ils n'étoient point gens si ombrageux, & qu'il n'en voyoit aucun sujet dans ce que la reine lui faisoit demander, qui n'étoit qu'une chose fort ordinaire ; qu'il trouveroit même qu'il ne seroit

seroit pas d'un galant homme comme lui, de refuser une entre-vue à une dame d'un caractere & d'un rang bien au-dessous d'elle.

Le prince rougit une seconde fois à tous ces reproches, qui lui étoient faits devant un gentilhomme, qui ne manqueroit point de le redire à la reine: & se voyant ainsi poussé par son ami, qui faisoit profession non seulement de fuir la conversation des dames, mais de ne les point aimer du tout, il crut l'embarasser & lui rendre le change, en lui demandant s'il vouloit être de la partie, & l'accompagner à cette entre-vue. Le Maure se piquant alors de generosité & de galanterie, le prit au mot; & embarrassa par là lui-même le prince, qui dit à ce gentilhomme, que ce seigneur étoit extrêmément de ses amis, & qu'il ne faloit pas juger par lui des sentimens de tous les autres officiers generaux Maures de l'armée, avec qui il avoit des mesures & des ménagemens à garder. Le gentilhomme lui répondit, que ce que la reine desiroit de lui n'étoit pas une affaire de si grande importance, qu'il y falût tant de circonspection; & qu'il étoit bien sûr qu'il pourroit le lui accorder sans que les Maures y voulussent seulement trouver à redire: le prince lui repartit qu'il n'avoit donc qu'à lui apprendre dequoi il étoit question, & qu'il feroit dès le moment assembler les officiers de l'armée pour prendre conseil d'eux, & qu'avant qu'il partît il pût donner à la reine toute la satisfaction qu'elle desiroit. Le gentilhomme lui répliqua, qu'il n'avoit n'avoit pas ordre de cela; mais Abdelasis, impatient de voir faire tant de façon au prince, prit la parole, & dit à ce gentilhomme que le prince commandoit cette armée en chef, & qu'ainsi il étoit le maître de faire ce qu'il lui plairoit, sans que personne eût à s'en mêler: & qu'à l'égard de cette entre-vue avec la reine, il savoit trop bien ce qu'il devoit à une princesse comme elle pour y manquer; & que puisqu'il l'avoit convié pour avoir l'honneur de l'y accompagner; il étoit tout persuadé que ce n'étoit pas pour s'en dédire, ou bien qu'il auroit d'étranges pensées de lui. Le prince ne put encore s'empêcher de rire, de voir comment son ami, qui ne savoit rien de ses affaires, s'opiniâtroit à vouloir l'engager de se trouver à ce rendé-vous; & voyant que ce gentilhomme le regardoit, pour savoir de lui s'il devoit s'en tenir à ce que cet honnête seigneur Maure lui disoit, il lui dit, que si les Maures étoient fort honnêtes & galants envers les dames, les Goths ne leur voudroient pas ceder; mais que la reine savoit bien les raisons qu'il avoit de ne l'étre pas en cette occasion. Oui, reprit brusquement Abdelasis, en s'adressant au gentilhomme; mais vous pouvez toujours l'assûrer qu'on passera par-dessus ces raisons; & qu'elle n'a qu'à nous faire savoir son heure pour avoir l'honneur de la voir, & que l'on s'y rendra sans manquer. Le gentilhomme s'étant retiré, Abdelasis railla un peu son ami sur l'entre-vue qu'on lui demandoit.

La reine, à qui ce gentilhomme fit un rapport

rapport fidele de tout ce qui s'étoit dit dans cette conversation, fut fort choquée de toutes les manieres du prince Eba. Elle ne se seroit jamais attendue à si peu d'honnêteté & de complaisance de lui; & comme les impressions de tendresse qu'il lui avoit autrefois données, n'étoient pas encore tout-à-fait effacées de son cœur, elle avoit pris quelquefois plaisir à s'imaginer qu'en l'état où elle se trouvoit alors il auroit pû l'épouser. Elle ne voyoit du moins rien en elle qui ne la mît au-dessus de la princesse de Tingi, excepté quelques années qu'elle se sentoit de plus; car pour la beauté, elle ne lui vouloit pas ceder, & c'est aussi en quoi les femmes se rendent le moins de justice. Mais une chose en quoi elle triomphoit, & qu'elle s'imaginoit devoir necessairement donner un grand dégout pour sa rivale à un homme aussi délicat que ce prince, c'étoit cette cruelle avanture qui étoit arrivée à cette princesse. Car quoique l'auteur d'un si sanglant affront ne fût plus au monde, les traces en demeuroient si fort imprimées, qu'en la voyant seulement il étoit impossible de ne s'en pas souvenir. Elle s'étoit donc flatée que le prince, à qui elle pensoit bien n'avoir pas été indifferente, malgré toute la passion qu'il avoit eue pour sa cousine, auroit de grands empressemens pour la voir; & que peut-être, reprenant feu pour elle, il chercheroit des moyens pour la détourner de son voyage, & tâcheroit de l'engager à prendre quelque autre parti qui pût lui donner occasion de la servir, & de renouveller

leurs

leurs amours passées. Cependant elle éprouvoit bien le contraire ; ce qui lui donnoit un cruel chagrin. Elle étoit au desespoir d'avoir fait cette avance à un homme qui le meritoit si peu ; & comme elle ne doutoit point néanmoins qu'il ne vînt au rendé-vous, il lui prenoit envie de s'en venger en ne s'y trouvant pas ; mais elle se sentoit si obligée des honnêtetés de ce Maure qui avoit pris si génereusement son parti, & dont son gentilhomme n'avoit pu lui dire le nom ni la qualité, qu'elle pensa lui devoir sacrifier ce petit trait de vengeance, pour ne manquer pas à son égard aux devoirs de la civilité, & le remercier d'un procedé bien plus galant que celui du prince. Elle se prépara donc pour cette entrevue ; & malgré tout son dépit elle n'oublia aucun soin de beauté ni de magnificence, quoiqu'en deuil, pour se bien mettre. Il est vrai que c'étoit bien plus en la consideration du Maure qu'en celle du prince ; & qu'elle eut envie de faire voir au premier, que par sa propre personne aussibien que par son rang, elle méritoit du dernier des sentimens un peu moins indifferens.

Son gentilhomme lui avoit fait un portrait fort avantageux de ce cavalier Maure ; & elle jugeoit assés que ce devoit être quelque personne de consideration, pour être si bon ami du prince & si familier avec lui. Tout cela lui donnoit une extrême envie de le voir ; mais elle sentoit je ne sai quel trouble dans son cœur, qui sembloit lui prédire que cette entre-vue auroit des

suites.

suites. Elle lui avoit fait savoir à lui seul, sans rien faire dire au prince, qu'elle seroit vers les trois heures sur cette terrasse, & que la trêve pourroit durer jusqu'à la nuit. Le tems parut un peu long à la belle reine; & agitée de mille mouvemens d'impatience & de curiosité, elle ne put attendre que le moment fût précisément venu pour s'y rendre. Elle avoit auprès d'elle une fort agréable suite de dames qu'elle avoit conviées pour lui faire honneur dans cette occasion. Elles étoient toutes en deuil comme elle, mais propre & galant; & pour une reine malheureuse, on ne pouvoit avoir une cour plus brillante dans une ville assiegée. Cette terrasse étoit un charmant parterre, que l'on voyoit tout couvert de fleurs au milieu de l'hiver aussi bien qu'au printems; & où le jasmin, l'oranger, & les roses, conservoient malgré la saison leur odeur aussi bien que leur beauté; mais c'est un avantage assés commun dans presque toute l'Espagne, où l'on est moins surpris de voir au mois de Janvier de grands bouquets de toute sortes de fleurs, que par tout ailleurs au mois de Mai.

A peine la reine eut fait deux tours de promenade dans cet agreable lieu, qu'ayant jetté les yeux vers la campagne, il lui sembla découvrir un gros de cavalerie qui venoit à grand train du côté du château. Les autres dames l'ayant remarqué comme elle, on ne douta pas que ce ne fussent ceux qu'elles attendoient. On reconnut même que l'escadron étoit mêlé de Goths & de Maures: ce qui fit juger que le prince étoit sans doute

de

de sa partie. Mais comme c'étoient tous officiers bien montés, on distingua bien-tôt qu'il n'y avoit qu'un cavalier à leur tête. Le gentilhomme que la reine avoit envoyé au prince, & qui se trouvoit alors auprès d'elle, l'ayant demêlé, lui dit aussi-tôt que c'étoit-là le seigneur Maure dont il lui avoit parlé. Cette princesse, qui avoit déja eu les yeux sur lui, le regarda avec plus d'attention, & se sentit plus émue que jamais. Elle étoit neanmoins fort surprise de ne pas voir le prince; & craignant de se meprendre, elle demanda à ses dames si elles ne le voyoient point parmi les autres Goths: mais on eut beau le chercher des yeux, il n'y étoit pas. Cela fit quelque peine à la reine: mais ce souci ne dura pas longtems; son esprit étoit trop occupé de ce Maure, & elle étoit si attentive à le considerer, qu'elle ne pouvoit faire reflexion à autre chose. C'étoit donc la verité, qu'Abdelasis venoit à son grand regret tout seul à ce rendé-vous; & qu'il n'avoit pu obtenir de la complaisance du prince de venir le degager au moins de la parole qu'il avoit fait donner à la reine de se trouver à cette entrevue. Il avoit été fort surpris de ce refus: neanmoins le prince lui avoit témoigné tant d'amitié & tant de bonté en plusieurs autres rencontres, qu'il avoit jugé qu'il falloit qu'il eût des raisons bien importantes, pour refuser de voir cette princesse.

Ce n'étoit point le fait d'Abdelasis que ces sortes de devoirs auprès des dames; & il reconnoissoit lui-même, qu'il s'étoit embarqué un peu trop legerement & contre son

son humeur à cette galanterie. Neanmoins s'y voyant engagé d'honneur, & ne pouvant du moins se dispenser d'aller faire quelques excuses à la reine, de n'avoir pu lui tenir sa parole, & de lui offrir en même tems ses services, il s'étoit resolu de hazarder l'avanture; mais ce ne fut pas sans une extrême curiosité de pénétrer les raisons qu'avoit eu le prince d'en agir de cette maniere. Il dit au prince en le quitant que puisqu'il ne vouloit pas s'acquiter de ce devoir, il y alloit en sa place, pour se disculper en quelque maniere de l'engagement qu'il avoit pris: mais que pour s'en venger, il lui rendroit tous les méchans offices qu'il pourroit auprês de cette princesse; & qu'il n'en reviendroit même pas sans en être amoureux. Le prince lui répondit en riant, qu'il lui pardonnoit le premier, que pour l'autre c'étoit à lui d'y prendre garde, qu'il pouvoit bien lui arriver pis. Et quoi donc, interrompit le Maure! de n'en être pas aimé repartit le prince. Ces dernieres paroles ayant un peu piqué la vanité du jeune seigneur, il lui demanda sur quoi il fondoit un si méchant augure, si c'étoit sur son peu de merite, ou parce que l'esprit de la reine étoit déja tout occupé du sien. Ah ce n'est point là ma pensée, mon cher, lui repliqua le prince, d'un air un peu plus serieux. Je vous reponds que je vous rends justice sur le merite; & que je suis fort persuadé que quand vous voudrez mettre le vôtre en œuvre auprês de quelque dame, son estime ni son cœur ne sauroient vous échaper; mais je doute fort que vous soyez homme à vous donner assés de peine pour cela ; & de plus, toutes les dames chrétiennes ne sont pas aussi prevenantes que certaines que vous avez vues. C'est fort bien tourner la chose, reprit le Maure ; mais nous verrons ce qui en sera. Cependant vous, seigneur, qui faites l'indifferent & le cruel envers les dames depuis que vous êtes devenu general en chef, préparez-vous à avoir en moi un rival, qui quoique peu dangereux, ne laissera pas de trouver moyen peut-être de profiter de votre fierté : car déja accoûtumé à aimer tout ce que vous aimez, & à vous copier en toutes choses, vous ne me reprocherez plus comme une imperfection de manquer de sensibilité du coté de l'amour. Si c'est tout de bon, repartit le prince, que vous veuilliez achever en vous l'ouvrage d'un galant homme par un peu de cette passion, vous ne sauriez faire un meilleur choix ; car cette princesse a non seulement de la beauté tout ce qu'on en peut avoir, mais encore un merite infini du côté de l'esprit ; & je consens de tout mon cœur que vous deveniez mon rival, pour avoir le plaisir de vous voir amoureux ; j'aurai du moins de quoi me venger de toutes les petites railleries que vous m'avez faites sur ce sujet. Quand cela arrivera, dit le Maure, nous serons à deux de jeu, & vous n'aurez rien à me reprocher. Je ne manque point de bonne volonté pour vous donner ce regal, mais je vous en dirai des nouvelles ce soir. Il avoit quitté de cette maniere le prince ; & en sortant de sa tente, il étoit allé faire

cho.x

choix de vingt-cinq cavaliers Maures les mieux faits & les plus galants de l'armée ; & pour faire plus de plaisir à la reine & aux autres dames qui pourroient être avec elle, & qui auroient pû être embarrassées de ne voir que des Maures, il y avoit joint vingt-cinq Goths, dont quelques-uns même étoient de Cordoue.

La reine étoit si attentive à examiner ce Cavalier Maure, qu'elle ne songeoit plus du tout au prince. Abdelasis n'étoit pas moins occupée d'elle ; & soit que son heure fût venue d'aimer comme les autres hommes ou que la petite intrigue qu'il avoit eue avec la comtesse l'eût mis en goût de galanterie ; il se sentoit en approchant du château une agitation de cœur qu'il n'avoit point encore connue : mais il n'étoit pas le maître de ses mouvemens, & ses raisonnemens là. dessus étoient fort superflus. Quand les étoiles agissent, il n'y a qu'à laisser faire aux étoiles ; puisque ce seroit fort inutilement qu'on voudroit s'opposer à leurs influences aussi bien qu'à leurs cours. Quand on fut assés proche du château, pour pouvoir distinguer les objets, quelques cavaliers Goths voulurent lui faire remarquer la reine ; mais il leur dit qu'il faloit être homme de peu de discernement pour ne la pas connoître. En effet cette princesse avoit une taille & un air de majesté à ne pouvoir guére s'y méprendre, quand on la voyoit au milieu des autres dames. Elle se mit à faire encore d'un pas languissant un tour ou deux de cette terrasse, qui n'étoit bordée que d'une balustrade à hauteur d'apui, ensorte qu'il étoit aisé d'y voir les gens depuis la téte jusqu'aux pieds. Elle avoit toujours la vue sur cette troupe de cavaliers; & lorsqu'elle les vit s'arrêter devant la terrasse, elle s'avança vers la balustrade.

Il faisoit un de ces beaux jours d'hyver, où le soleil est si agreable en Espagne, que donnant sur une grande quantité de pierreries dont cette princesse étoit ornée, qu'a peine les yeux pouvoient en soutenir l'éclat. Mais celui qui partoit de ses yeux étoit encore plus dangereux pour le cœur d'Abdelasis. Il la salua d'abord d'une profonde reverence, comme fit en même tems toute sa troupe avec lui; & craignant de donner méchante opinion de son esprit, en parlant une langue qu'il ne savoit encore qu'imparfaitement; il pria un des cavaliers Goths de lui servir d'interprete, & de vouloir dire à la reine qu'il étoit au desespoir de ne lui tenir que la moitié de ce qu'il lui avoit fait promettre par son gentilhomme, n'ayant pu obliger le prince à venir lui rendre ses devoirs: qu'il ne se seroit jamais imaginé qu'un homme aussi parfait que lui, galant & Goth, qui étoit tout dire à l'égard des dames, eût pû avoir des raisons pour se dispenser de se trouver à un rendévous avec une personne comme elle; que tout autre que lui auroit tenu à grand honneur & faveur, d'y avoir été convié; mais qu'il étoit extrêmement changé depuis qu'il s'étoit livré au metier de la guerre. C'est aussi ce que je trouve, lui répondit la reine d'un air indiferent, pour marquer le mépris qu'elle faisoit du procedé du prince;

mais

mais ce qui me surprend, c'est que la guerre n'inspire pas à tout le monde les mêmes sentimens : il semble que les Goths n'ayent pris les armes que pour devenir Maures, & les Maures que pour devenir Goths. Abdelasis pénétra d'abord le sens de ces paroles, qui étoient bien obligeantes pour lui, mais qui étoient fondées sur la reputation que sa nation avoit d'être fort barbare : & ne voulant pas demeurer court sur la repartie, il lui fit dire par son interpréte qu'il étoit vrai que quand les Maures ne se seroient pas un peu defaits de cette barbarie dont on les avoit si longtems accusé, ils n'avoient qu'à passer la mer, & converser quelques mois avec les Goths pour devenir polis & galants ; mais que les Maures n'étoient plus Arabes que d'origine, & point d'esprit ni de cœur ; & que c'étoit faire un grand tort à sa nation que de croire que depuis prés de cent ans elle ne se fût pas corrigée de ces méchantes & rudes habitudes qu'elle avoit contractées dans les deserts & dans les montagnes d'Arabie.

Il faut avouer, répondit la reine en souriant, que si tous les Maures étoient faits comme le cavalier pour qui vous parlez, il faudroit faire une grande difference d'eux avec les Arabes ; mais en cela je croirois avoir fait un peu trop d'honneur à certains Goths, si j'avois pensé qu'ils fussent devenus Maures, puisqu'ils en usent comme des Arabes.

Abdelasis sentit bien sur qui tomboit le reproche ; & que la reine étoit furieusement

piquée

piquée contre le prince. Cette idée lui fit un secret plaisir; neanmoins par devoir d'amitié il ne laissa pas de lui faire dire tout ce qui pouvoit l'excuser, tant sur la conjoncture du tems, que sur le rang qu'il tenoit alors dans l'armée, qui demandoit de lui un peu plus de scrupule que dans une autre occasion; sur tout à l'égard d'une personne aussi dangereuse qu'elle, & capable d'ébranler les plus fortes resolutions d'un homme de guerre. La reine répondit avec un grand dédain, qu'il y avoit longtems qu'il étoit en garde contre un tel accident: mais ayant remarqué que le cavalier Maure entendoit fort bien la langue du pays, & qu'elle n'avoit pas plus tôt parlé qu'il lui faisoit répondre par le Goth, à qui il disoit tout bas ce qu'il avoit à lui repartir, elle s'adressa tout d'un coup à lui, & lui demanda pourquoi il ne prenoit pas lui-même la parole, puisqu'elle voyoit bien qu'il n'avoit pas besoin d'interprete. Le même cavalier répondit encore, que ce seigneur entendoit bien la langue, mais qu'il ne la parloit pas assés bien pour oser entreprendre de l'entretenir sans le secours de quelqu'un. La Reine ne se contenta pas de cette excuse, & repondit qu'on étoit assés équitable en Espagne, pour ne pas exiger des étrangers qu'ils parlassent la langue du pays comme s'ils y étoient nés; qu'ils avoient même quelque fois de la grace à mal parler; & qu'enfin mal ou bien, elle vouloit avoir le plaisir que ce cavalier expliquât lui-même ses pensées. Abdelasis, qui ne pouvoit se defen-
dre

dre d'entrer en lice, se trouva d'abord un peu embarrassé : neanmoins comme il étoit naturellement fort hardi, & que ce petit preambule lui avoit donné le tems de rassurer ses esprits, emus par les vives impressions de respect & même de timidité qu'avoient excité en lui la presence & la majesté de la reine; il entra fort bien en conversation avec elle, & se surpassa : tous les Goths qui étoient avec lui lui en firent compliment, disant qu'il n'avoit jamais si bien parlé, ni dit de plus jolies choses. La reine en étoit charmée : elle lui voyoit un brillant d'esprit si surprenant & un ton de voix si agréable, avec une action si pleine de feu, qu'elle ne pouvoit se lasser de le faire causer; & elle se mit elle-même d'humeur à lui en dire de toutes les manieres. Les cavaliers Goths, dont plusieurs avoient heureusement des dames de leur connoissance auprès de la reine profiterent de ce tems-là pour les entretenir : ce qui fit que la reine, qui mouroit d'impatience de savoir qui étoit ce jeune seigneur Maure le leur fit demander par ces dames qui le lui vinrent dire. Elle fut ravie de ne s'être pas trompée; & que l'ayant traité en seigneur de distinction, il se trouvât qu'il l'étoit en effet : & depuis cette connoissance elle lui parla avec encore plus de liberté qu'auparavant.

Cependant la nuit s'approchoit; & les Maures qui ne se fioient point aux Chrétiens, non plus que les Chretiens aux Maures, craignant quelque embuscade s'ils s'en retournoient plus tard, & que l'heure de

la

la trêve fut passée, interrompirent Abdelasis pour lui dire qu'ils ne devoient pas attendre qu'il fût tout à fait nuit pour se retirer ; mais il n'entendit rien à tout cela, & continua la conversation. Les Maures inquiets revinrent par deux ou trois fois à la charge ; jusques-là que s'en voyant importuné il leur répondit brusquement, sans même tourner la tête, qu'ils pouvoient s'en retourner s'ils vouloient. La reine qui remarquoit leur inquietude & leur impatience, & qui en devina la raison, jugea à propos de lui donner congé elle-même, en lui disant que l'heure étoit venue de se separer ; & qu'elle ne vouloit pas qu'il s'en retournât plus tard au camp, quoi qu'elle fût bien assurée qu'il n'avoit rien à craindre de la part de la ville. La conversation finit là ; & il n'y eut plus à s'arrêter ; car elle quitta dês ce moment la terrasse. Abdelasis demeura immobile jusqu'à ce qu'elle fût tout à fait hors de vue ; & reprenant ensuite le chemin du camp avec tous les cavaliers de son escorte, il arriva à sa tente, sans avoir dit une seule parole, tant il étoit occupé des charmes de cette belle reine, & de tout ce qu'elle lui avoit dit.

Le prince, qui étoit dans une impatiente curiosité de savoir comment cette entrevue s'étoit passée, avoit déja envoyé demander par deux ou trois fois s'il n'étoit point de retour ; & il étoit fort surpris qu'il tardât si long-tems à revenir. Il avoit une forte inquietude sur toute cette affaire, qu'il ne connoissoit point & dont il ne pouvoit deviner la source : car ce n'etoit point de jalousie ;

lousie; il n'avoit jamais rien senti d'assés tendre pour la reine, qui dût lui en donner pour aucune chose qui la regardât. Abdelasis ne lui paroissoit pas d'ailleurs trop dangereux en fait d'amour; & il avoit bien voulu lui-même l'engager à faire cette connoissance. Il est vrai cependant qu'à force de faire reflexion sur le procedé qu'il avoit tenu dans cette occasion avec le Maure, il y avoit trouvé à la fin quelque chose de dur; & qu'il ne seyoit jamais à un galant homme d'avoir des malhonnêtetés pour qui que ce fût au monde, & moins encore à l'égard d'une reine qui n'avoit pas manqué de sentimens obligeans pour lui. Il ne put s'empêcher de se faire quelques reproches; & se repentit même plus d'une fois d'avoir eu si peu de complaisance; & d'avoir souffert qu'un Maure, qui n'y avoit aucun interêt, parût en cela plus honnête que lui. C'étoit une affaire, disoit-il en lui-même, sans consequence; & dont la princesse que j'ai regardée uniquement dans ce scrupule ne se seroit point formalisée; car il faut toujours garder des mesures d'honnêteté même avec ses plus grands ennemis. Enfin il n'étoit pas content de lui-même sur cet article; & dans le chagrin où il en étoit il ne savoit gueres ce qu'il vouloit ni ce qu'il ne vouloit pas.

On lui vint dire que le cavalier venoit d'arriver; & alors avec une impatience qu'il ne put moderer, & dont même il ne s'appercevoit pas, il courut à sa tente; & entrant avec un air de gaieté qui n'étoit pas tout à fait naturel, eh bien! seigneur, lui dit-il, les charmes de cette belle reine ont-ils fait leur effet ordinaire sur votre cœur, comme ils ont coutume de faire sur tous les autres ? Revenez-vous libre ou esclave ? Faut-il vous plaindre ou vous feliciter ? Vous m'en demandez tant à la fois, seigneur, lui répondit-il avec des yeux encore tout pleins de feu & de joie, que j'ai besoin d'un peu de tems pour vous satisfaire sur tout: mais ce que je puis toujours vous dire en general, c'est que je suis fort content de mon voyage. Il y paroît assés, repartit le prince; & il faut meme que la conversation, aussi bien que la personne de cette charmante princesse, ait eu pour vous quelque attrait puissant que vous n'ayez pas trouvé aux autres dames, pour vous y être arreté si long tems. Vous le pouvez croire, lui repliqua le Maure d'un air de mystére; & que je n'en reviens pas si tard pour ne m'y etre pas plû: mais cela ne vous doit pas surprendre, ajoûta-t-il en souriant; vous qui en avez peut-etre autre-fois éprouvé le pouvoir, & qui en craignez encore si fort la seduction, que vous aimez mieux manquer aux devoirs d'un galant homme, que de vous y exposer & de paroitre seulement devant elle. Laissons mon chapitre, lui dit le prince en souriant aussi, car je n'ai rien de bon à vous répondre là-dessus. Mais dites-moi seulement si vous êtes tout de bon devenu amoureux de la reine, comme vous en aviez pris la resolution en me quittant ? Est-ce que cela vous importe, interrompit le Maure : moins que vous ne sauriez pen-

ser

ser, reprit le prince ; mais la chose me paroîtroit assez rare ; & j'ai de plus oui dire qu'on n'aimoit pas par choix, & qu'on cherchoit souvent sa defaite, qu'on ne la trouvoit pas. Il est vrai que le cœur est sujet à de plaisans caprices, répondit Abdelasis qui croyoit le prince déja jaloux de lui, dont il avoit bien de la joie. Mais oserois-je bien vous demander à mon tour ajouta-t-il, qui peut vous donner tant de curiosité, à l'égard d'une personne qui vous est si indifferente ? Je n'y prens interêt, lui repartit le prince, que pour l'amour de vous ; & je ne deviens ainsi curieux, que par l'envie que j'aurois de vous servir auprês d'elle. Cela est fort obligeant pour moi, lui repliqua le Maure ; mais il faut que j'y aye besoin de vos services ; & cela ne me paroît pas encore. Est-ce que vous étiez déja si bien auprês d'elle, interrompit le prince, & auriez-vous fait tant de chemin dès la premiere entrevue, que vous puissiez n'avoir besoin d'un ami qui a eu autrefois quelque credit sur elle ? Cessez, mon cher prince, lui repartit le Maure, de fatiguer votre esprit à pénétrer ce que je ne veux pas vous dire. Je connois, poursuivit-il, mon peu de mérite ; mais tel qu'il est, si vous voulez savoir le progrês qu'il a fait auprês de cette belle princesse, il ne tiendra qu'à vous. Soyez demain de notre cavalcade ; & vous n'aurez plus de questions à me faire. Quoi ! s'écria le prince avec un éclat de rire, vous y retournez demain ! Quelle violence ! Et pourquoi non, lui repartit le Maure, si cela me fait plaisir

& que j'aye lieu d'esperer qu'il n'en fera pas moins à la reine. Ah ! si cela est, lui repliqua le prince, vous êtes tout de bon amoureux ; & ce n'est plus le fier & l'indifferent Abdelasis pour toutes les beautés du monde. Je l'avoue, lui repondit-il, mais puisque vous connoissez si bien la reine, ce miracle ne doit pas vous étonner. On n'est pas obligé d'être toujours le même : les tems changent, & nous changeons aussi.

Le prince ne voulut pas pousser plus loin cette conversation, d'où il craignoit lui-même de ne pas bien sortir ; car le Maure lui parloit d'un air si libre & si enjoué, qu'il en étoit embarrassé ; & il ne demêloit point si c'étoit par raillerie ou tout de bon qu'il parloit. Il finit par lui demander si la reine ne lui avoit pas dit ce qu'elle souhaittoit de lui ; & si elle ne l'en avoit pas chargé lui même. Il lui répondit que non, & que ce n'étoit même pas sans l'en avoir priée ; que lui ayant offert ses services, si elle le jugeoit digne de sa confiance ; elle lui avoit repondu fort obligemment qu'elle l'en trouvoit très digne & qu'elle esperoit plus de service des Maures comme lui, que des Goths devenus arabes ; mais qu'elle ne songeoit plus à ce qu'elle auroit desiré du prince. A ces mots le prince se prit à rire ; & se levant pour s'en aller, je vous souhaite, lui dit-il, tout le bonheur qu'un Maure aussi galant que vous peut esperer d'une aussi aimable Chrétienne. Il faut vous laisser avec de si agréables idées, qui vous fourniront sans doute un plus charmant entretien que le mien ; adieu. Le Maure en l'acl'accompagnant lui dit, qu'il doutoit un peu de la sincerité de ses vœux : sur quoi le prince repartit qu'il ne lui rendoit pas justice, après la confession ingenue qu'il lui avoit faite, qu'il ne pretendoit rien en aucune maniere à la reine. Vous me faites plaisir, lui repliqua Abdelasis, de m'en assurer pour la seconde fois ; mais si pour mon malheur je deviens votre rival, la faute n'en pourra être qu'à vous, de m'avoir fait un mystere de votre passion. Je m'y prendrois mal, lui dit le prince, si j'avois des desseins pour cette princesse, d'en agir comme vous avez vu que j'ai fait avec elle : ce n'est pas par cette voie-là qu'on se conserve dans les bonnes graces des dames ; & je crois qu'il ne vous a pas paru en elle que mon procedé l'ait fort charmée. Il y a dés dépits amoureux, lui repartit Abdelasis, qui semblent avoir leur source dans la haine, & qui n'en sont pas moins des effets d'une amour fort violente ; & ce que vous avez fait m'a paru si outré, que je ne l'ai pas cru naturel. Ce que j'ai fait, lui repliqua le prince, a ses raisons, comme je vous l'ai déja insinué ; & ces raisons pourroient en effet venir d'une passion violente ; mais ce n'est pas la reine qui me l'a inspirée. Oh ! voici encore un autre mystére, lui dit le Maure. Oüi c'en est un, reprit le prince, & le tems n'étoit pas encore venu de vous le reveler ; mais vous me coûtez par vos défiances cette indiscretion ; & j'ai bien voulu vous sacrifier ce petit mot de mon secret, afin que si vous êtes bien résolu de vous donner à la reine, vous le puissiez faire sans aucune inquietude à mon égard; car je ne vous y troublerai en façon du monde.

Ils se separerent de cette maniere, le prince bien content de s'être ainsi expliqué, pour ne lui laisser aucun ombrage sur son sujet; & Abdelasis, selon le caractere de sa nation, pas beaucoup moins persuadé qu'il ne fût amoureux de la reine, & que cette entrevue ne lui eût donné de la jalousie. Cela étoit même capable de l'engager à servir la reine; mais il en avoit assés, sans ce secours, pour une premiere démarche; & son ambition flattée de je ne sai quoi de glorieux qu'il trouvoit à passer pour l'amant d'une princesse comme celle-là, le mettoit dans une si grande disposition de le devenir tout-à-fait, qu'il en étoit tout comblé de joye. Il passa toute cette nuit-là à y rêver; & quoi qu'il ne fût gueres accoutumé à ces insomnies amoureuses, & qu'il aimât même fort à dormir, il ne crut pas cependant avoir mal passé la nuit, & se leva avec autant de gaieté, que s'il eût déja été le plus heureux de tous les hommes.

Il n'eut plus d'autre soin depuis ce tems-là, que de chercher quelque moyen de plaire & de rendre service à cette princesse, pour lui donner des marques des sentimens qu'il avoit pour elle. Il lui en tomba plusieurs; mais la fortune lui en fournit un naturellement, dont il profita. Il y avoit eu ce matin-là à la pointe du jour une rencontre assés sanglante entre un parti des assiegés & un autre des Maures: il y avoit eu des gens de tués & de blessés des

des deux côtés, & des prisonniers aussi. Notre nouveau galant ne l'eut pas plus tôt appris qu'il courut à la tente du commandant de l'armée, pour le prier de lui accorder ces prisonniers de la ville. Le prince se mit a rire, jugeant bien qu'il avoit dessein d'en faire quelque galanterie à la reine. Il les lui donna de fort bonne grace, en lui disant en riant, qu'à force de devenir galant, il devoit prendre garde de ne pas oublier les loix de la guerre, qui ne vouloieut pas qu'on cherchât les avantages de ses ennemis; & qu'il étoit du moins croyable qu'on n'affoibliroit pas la garnison de la ville si on lui renvoyoit les prisonniers qu'on feroit sur elle. Abdelasis lui répondit, que quand il ne tiendroit qu'à cela qu'elle ne fût prise, il pouvoit être assuré qu'on seroit bien-tôt dedans; mais qu'il le prioit de vouloir faire quelque difference, de ceux qu'ils appelloient leurs ennemis, d'avec la reine qui ne les traittoit pas de même. Il lui avoua de plus, que quand elle en seroit, il lui seroit bien difficile de la pouvoir haïr: c'est-à-dire, lui repartit le prince, que votre menace est devenue veritablement effective; & que malgré tout votre épanchement de joie d'hier au soir, vous tenez tout-à-fait à la reine: j'en suis ravi; & quoique vous n'ayez pas besoin de moi auprès d'elle, & que vous ayez déja rejetté mes services, j'aurois pourtant bien envie d'accepter le parti que vous m'avez offert, & d'être aujourd'hui de votre cavalcade si vous y retournez, ne fût-ce que pour avoir le plaisir de voir comment vous traitez l'amour avec une si belle Chrétienne, & pour vous donner des marques de mon desinteressement. Cette proposition embarrassa un peu le jeune Maure, mais il ne pouvoit pas s'en dedire ; & glorieux comme il étoit, pour ne pas marquer au prince qu'il craignoit sa presence, & lui donner cet avantage sur lui, il lui dit en le quittant qu'il y pourroit venir, & qu'il en auroit de la joie. Les prisonniers Goths, qui consistoient en vingt soldats & deux officiers, lui ayant été envoyés, il retint les deux officiers pour dîner avec lui, & donna ordre qu'on regalât bien les soldats. Outre la bonne chere & les amitiés qu'il fit à ces officiers, il leur donna à chacun un fort beau cheval ; & les pria d'aller seulement remercier la reine de leur liberté, qu'on ne leur avoit donnée que pour l'amour d'elle ; & de vouloir bien se charger de lui presenter de sa part quelques rafraîchissemens, qu'il lui feroit porter par leurs soldats.

Ces vingt soldats furent donc chargés de tout ce qui se put trouver de plus rare & de plus exquis pour la saison, & s'en retournerent dans la ville, non pas en gens devalisés & qui avoient été faits prisonniers, mais en soldats triomphans, à qui, outre la bonne chere qu'on leur avoit faite, on avoit rendu tout ce qui leur avoit été pris ; & par dessus cela un petit regal d'argent à chacun pour boire à la santé du genereux Abdelasis. Quand ils rentrerent dans la ville, tout le monde fut surpris de les voir revenir avec tant de joie, & chargés de tant de de belles & bonnes provisions. Le peuple les suivit en foule jusqu'au palais, & l'on croyoit que la paix étoit faite, & que la ville alloit être delivrée du siége: ce qui repandit d'abord une grande rejouissance par tout. La reine, qui ne savoit pas elle-même ce que tout cela vouloit dire, fut toute troublée quand on lui vint dire que deux officiers qui avoient été pris par les Maures avec quelques soldats, & qui revenoient du camp demandoient à la voir & à lui parler: mais elle se remit un peu, quand elle apprit que ce ne pouvoit être que de bonnes nouvelles qu'on lui apportoit, puisque les soldats & toute la ville paroissoit avoir de la joie de leur retour. Elle fit entrer les deux officiers qui dès qu'ils la virent paroître mirent un genou à terre pour la remercier de leur liberté, & du bon traitement qu'ils avoient reçu de l'illustre Abdelasis. A ce nom la reine ne put s'empêcher de rougir un peu; mais sa rougeur redoubla, quand elle vit paroître les vingt soldats chargés de fruits & de toute sorte de gibier dans de grandes corbeilles & des bassins d'argent tout ornés de fleurs. Elle ne put s'empêcher d'être sensiblement touchée de la generosité de ce Maure; & suivant l'inclination de son sexe, il lui sembloit, qu'elle ne pouvoit assés le louer ni l'admirer.

Comme l'on ne s'attendoit point dans la ville à des maniéres si honnêtes d'une nation qui passoit dans l'esprit des Goths pour la plus barbare qu'il y eût dans le monde, on en fut fort surpris; & ceux qui

qui prenoient quelque interêt à ces officiers & à ces soldats en vinrent faire de grands complimens à la reine. Mais comme elle eut appris qu'il y avoit aussi douze prisonniers Maures qu'on avoit faits dans la même rencontre, elle les envoya demander au commandant, qui ne put les lui refuser ; & elle les renvoya à Abdelasis aussi contens que les Chrétiens étoient venus, & tous chargés de confitures dans de grands bassins fort riches dont les Goths ne manquoient point. Abdelasis fut bien surpris d'un tel retour. Il s'étoit estimé trop heureux d'avoir si favorablement trouvé une occasion de pouvoir témoigner à la reine, l'empressement qu'il auroit eu de lui rendre de plus grands services, si la bonne fortune lui en faisoit naître quelque agreable rencontre. Il étoit même bien en peine de savoir comment ce petit essai auroit reüssi auprès de cette princesse, quand il vit entrer dans sa tente ces douze Maures avec un si charmant present. Jamais son ame n'avoit senti une joie égale à celle qu'il eut à la vue d'une telle faveur ; & qu'on lui eut témoigné de la part de la reine, combien elle avoit été touchée des avances d'honnêteté qu'il lui avoit faites. Pour achever son triomphe, & mettre le comble à sa joie, il falut qu'il envoyât au prince la moitié de ces confitures par les mêmes Maures, afin que s'il avoit quelque curiosité de savoir la petite histoire de cette galanterie, comme cela ne pouvoit pas manquer, il pût en être informé par des témoins oculaires.

Le prince reçut son present ; & il en rit par

par le plaisir qu'il jugea que cela faisoit à son ami : & ayant été informé par ces Maures du détail de l'affaire, & comment elle s'étoit passée, il alla voir Abdelasis pour lui en faire compliment : ce Maure le vit entrer en riant dans sa tente ; mais il ne crut pas que ce fût tout-à-fait de bon cœur ; & tout leur entretien ne fût que de petites railleries d'ami. L'heure enfin arriva d'aller rendre une seconde visite à la belle reine ; pour laquelle le commandant de la ville avoit encore accordé une suspension d'armes de deux heures.

Ils monterent ensemble à cheval, ainsi qu'ils l'avoient resolu, suivis des mêmes cavaliers que le jour d'auparavant, & se trouverent en peu de tems au dessous de cette terrasse. La reine y étoit déja avec la même suite de dames ; & elle avoit attendu avec encore plus d'impatience que le jour d'auparavant l'arrivée de cette illustre troupe de cavaliers ; mais y ayant démêlé de loin le prince, cela lui fit quelque peine. La resolution qu'elle prit néanmoins tout d'un coup de se venger de lui, l'en guerit bien-tôt ; & lui donna même une sorte de joie, de l'occasion qu'il lui en fournissoit si à propos devant ce Maure. Elle commença par ne pas témoigner de l'avoir seulement remarqué, quoi que le prince eût fait une profonde reverence en même tems qu'Abdelasis, auprès de qui il étoit, & à qui la reine parla d'abord. Cette maniere de mépris ne surprit point le prince : il savoit qu'il l'avoit merité, & il s'y étoit attendu. Il feignit cependant de ne s'en être

pas

pas apperçu, & se mêla dans la conversation pour soulager son ami qu'il voyoit quelquefois embarrassé à exprimer ses pensées : mais la reine ne lui répondit jamais rien. Comme il continuoit de prendre de tems en tems la parole, jusques à vouloir faire entendre à cette princesse, que ses charmes avoient donné à ce cavalier Maure des sentimens bien tendres & bien violens : elle lui temoigna d'un air dedaigneux qu'elle étoit fatiguée de ses discours; & lui dit, sans même tourner les yeux sur lui que ce cavalier n'avoit besoin auprês d'elle ni d'interprete ni de confident ; & elle continua de parler à Abdelasis. Le prince, comme étourdi d'une brusquerie si manifeste, voulut y répondre & s'en attira d'autres encore plus fortes, qui firent bien du plaisir au Maure ; car tout cela alloit à son avantage : & la reine, pour faire encore plus de dépit au prince, le traitoit plus obligeminent qu'elle n'auroit fait. Le prince avoit assés d'experience en amour pour savoir que les aigreurs d'esprit, d'une femme à qui l'on n'a pas été indifferent, n'etoient pas toujours des marques de haine : mais comme il y avoit ici de son côté plus de gloire ou de vanité que de passion, il ne laissa pas d'en être choqué, sur tout à cause de son ami, qui pouvoit aprés cela lui reprocher un peu trop de presomption dans des offres de services qu'il lui avoit faites.

Cette entrevue fut moins longue que la precedente ; parce que le plaisir que la reine y devoit trouver étoit troublé par la presence du prince, qui ne lui permettoit

pas

pas de goûter en liberté la satisfaction d'un nouvel entretien avec son cavalier Maure: ce fâcheux contre-tems fit qu'elle se retira bien plus tôt qu'elle n'auroit fait. Abdelasis surprit & touché d'une retraite si precipitée croyant qu'elle se méprenoit à l'heure de l'expiration de la trêve, voulut lui representer pour la retenir qu'il y avoit encore du tems; mais se retournant vers lui d'un air obligeant, elle lui dit, que si c'estoit pour lui seul il y en auroit encore assés; mais que la trêve n'avoit que trop duré pour des gens avec qui elle n'en vouloit point avoir. Le prince qui comprit bien que cela s'adressoit à lui, répondit aussi-tôt qu'il se croiroit bien malheureux, si elle le mettoit du nombre de ses ennemis, & qu'il avoit été trop de ses serviteurs pour avoir si tôt changé de sentimens. Mais la reine sans rien répondre disparut, laissant les deux Cavaliers assés occupés de leurs pensées. Ils ne se dirent rien; ils ne se regarderent pas seulement: & ayant pris le chemin du camp, ils en firent une partie dans ce sombre silence. Le prince en revint le premier, & en fut tout honteux, & prenant tout d'un coup un air enjoué: ne vous ai-je pas, dit-il, laissé rever assez long-tems au bonheur de vos nouvelles amours! & arriverons-nous au camp sans avoir ensemble un seul mot de conversation? j'étois occupé à chercher dans mon esprit, lui repondit le Maure avec la même gaieté des paroles qui fussent capables de vous consoler du méchant regal que vous avez eu dans cette promenade. Il est vrai, lui repartit le prince, que

que j'ai été bien maltraité, & que c'est même pour l'amour de vous que je l'ai été & ce seroit avec assés de raison que vous devriez vous employer à me consoler : mais je ne suis peut-être pas si affligé de ce côté-là que vous pourriez vous l'imaginer; & je le serois bien davantage, de vous avoir privé par ma presence d'une heure d'entretien de plus que vous auriez eu avec cette belle princesse, si je ne savois que cela se peut aisément réparer demain, que je ne m'y trouverai pas. La reine, lui repliqua d'abord Abdelasis, l'a, ce me semble, assés bien réparé par les dernieres paroles qu'elle ma dites, & que je crois que vous avez entendues. Fort bien, lui repartit encore le prince, & j'avoue qu'on ne pouvoit vous rien dire de plus obligeant. Mais que voulez-vous, chacun a son tems, & c'est à cette heure le vôtre.

Avec ces petits & agreables raisonnemens ils arriverent au camp où ils se separerent chacun prenant le chemin de son quartier. Le Maure étoit dans une joie, qu'il ne se possedoit point ; car il lui sembloit avoir ce soir-là entiérement triomphé du prince ; & cela seul l'auroit rendu amoureux de la reine. Le prince étoit chagrin; & il se trouvoit lui-même ridicule de l'être. Il étoit entierement attaché à aimer & à servir sa cousine, & il n'avoit jamais rien senti pour la reine, qui pût faire un crime de perfidie. C'étoit une belle & aimable princesse; mais quelque complaisance qu'elle eût autrefois eue pour lui, il avoit toujours su à quoi s'en tenir, pour ne se rendre

rendre pas indigne de la tendresse que sa chere cousine avoit pour lui. Il ne pouvoit comprendre comment dans un tems moins propre à la galanterie que lorsqu'il étoit à la cour de Roderic, il s'alloit tourmenter l'esprit, & se livrer à des mouvemens qui ressembloient fort à des mouvemens de jalousie. Il savoit bien que ce n'en pouvoit être, ou que du moins c'étoit une jalousie qui ne venoit point d'amour; mais il ne laissoit pas de se le reprocher, & de regarder cela comme un trait d'envie qu'il avoit pour son ami. Cette foiblesse le faisoit rougir; mais ce qui le touchoit le plus, c'étoit de la lui avoir laissé connoître. Il resolut de reparer cela par tout ce qui pourroit le desabuser qu'il eût le moindre penchant pour la reine, & même par tout ce qui pourroit lui faire plaisir dans cet amusement, & s'il s'y attachoit tout de bon comme il en avoit la mine. Il en trouva plusieurs occasions; car comme il suivoit mieux que son ami ce qui pouvoit plaire aux dames du pays, & que d'ailleurs il avoit naturellement l'esprit fertile en inventions de galanterie, il lui en suggera mille qui ne pouvoient manquer de lui reussir, & dont en effet le Maure se trouva si bien, qu'il perdit tout ombrage de jalousie pour le prince & ne le regarda plus comme son rival.

Mais pour dire les choses par ordre, & ne pas anticiper les tems, le troisiême jour de la connoissance de la reine avec Abdelasis, ce cavalier fut si empressé d'aller faire demander encore une petite trêve pour ce jour

jour-là, qu'à peine fut-il levé qu'il y donna ordre. Le commandant de la ville voulut bien avoir encore cette complaisance pour un Maure qui avoit de si belle manieres avec la garnison; mais étant extrêmement severe dans le métier de la guerre & fort exact à son devoir, cela ne laissoit pas de commencer à le fatiguer. Cependant l'heure ne fut pas plus tôt venue, que notre amoureux Maure monta à cheval; & suivi de sa troupe ordinaire, qui ne se divertissoit gueres moins que lui à ces petites parties de galanterie, se rendit sous la terrasse du château : mais pour le malheur d'Abdelasis la reine ne s'y trouva point: il n'y avoit que les dames de sa suite, qui lui dirent qu'elle s'étoit trouvée un peu incommodée. Quelque déplaisir qu'en eut le Maure, il ne laissa pas de s'entretenir avec elles, mais languissemment; & cette visite auroit été bien courte, s'il n'eût plu à la reine de paroître. C'étoit une maladie de commande qui l'avoit empêchée de se rendre sur la terrasse à l'heure ordinaire. Elle avoit cru que le prince seroit encore ce jour-là de la partie; & elle vouloit lui faire connoître qu'elle ne se soucioit pas de le voir: mais ayant été assurée par ses dames qu'il ne viendroit pas, elle vint enfin, & surprit agréablement Abdelasis, qui en eut une double joie, parce qu'il se disposoit déja à s'en retourner, & à son grand regret. Il témoigna d'abord à cette princesse la part qu'il avoit prise à son indisposition; mais qu'il ne paroissoit pas à la voir que sa maladie eût été fort grande: & en effet

la

la reine étoit ce soir-là d'une beauté charmante. Elle lui répondit, que ce n'avoit pas été pour lui qu'elle avoit voulu être indisposée; mais qu'il y avoit des gens qu'elle n'aimoit pas de voir, & pour qui elle se trouveroit toujours malade. Le Maure fut si sensible à des paroles si obligeantes, que tout transporté d'aise, il deploya tout ce qu'il savoit de plus fin & de plus galant en langue Maure, pour le mettre en œuvre en celle du pays, & marquer sa reconnoissance à cette princesse. La conversation s'échauffa, & la reine y prit tant de plaisir, que, pour se dédommager du tems qu'elle avoit perdu ce jour-là & le jour de devant à cause du prince, elle envoya prier le commandant de vouloir ce soir-là prolonger la trêve d'une demi-heure. Ce qui lui fut accordé; & elle le dit à son aimable Maure, qui lui sut si bon gré de cet excês de complaisance, qu'il ne pouvoit l'en remercier assés, & en profita jusqu'au dernier moment.

Il ne seroit pas du goût d'un lecteur un peu du monde, qui sait comme les choses y vont, qu'on lui donnât ici un détail trop circonstancié de cette troisiéme visite ou entre-vue : ce seroit du tems perdu; & ces sortes de choses ayant leurs cours ordinaire, on aime mieux les deviner que de les lire. Abdelasis s'en retourna au camp l'esprit si content, que ne pouvant pas renfermer en lui tout le plaisir qu'il avoit eu ce soir-là, il falut qu'il allât voir son cher prince pour lui en conter une partie. Il le trouva sur son lit fort triste & fort abatu,

& qui lui répondit peu de chose aux premiers complimens qu'il lui fit en entrant. Cela le surprit ; & il lui demanda s'il se trouvoit mal, ou s'il lui étoit arrivé quelque affaire depuis qu'il l'avoit quitté. Le prince, qui vit bien qu'il ne pouvoit pas tout-à-fait lui dissimuler sa peine, voulant donner quelque couleur à l'état où il se trouvoit, lui dit qu'il venoit de lui prendre certain saisissement de cœur qui l'avoit tout d'un coup accablé. Vous paroissez si abatu, lui repartit le Maure, qu'il faut effectivement que l'accident qui vous est arrivé ait été bien violent ; mais il me semble que cela ne sauroit venir que par de grandes afflictions ou par des passions bien fortes ; & je ne crois pas que vous soyez sujet ni aux unes ni aux autres. Le prince qui ne lui vouloit point mentir, & qui n'étoit pas d'ailleurs encore tout-à-fait résolu de se découvrir à lui sur l'amour qu'il avoit pour la princesse, prit le parti du silence, & ne lui répondit rien. Abdelasis crut que la discrétion demandoit de lui qu'il se retirât : il alloit prendre congé du prince ; mais il l'arrêta & le pria de ne le point abandonner, dans un tems où il n'avoit jamais eu tant de besoin d'un cher ami comme lui. Je ne veux point, lui répondit le Maure, savoir plus de vos affaires que vous ne jugerez à propos de m'en apprendre ; mais j'ai pensé que c'étoit vous faire plaisir que de vous laisser seul. Je vous estime trop, lui repartit le prince en soupirant, pour vous cacher plus longtems tous les malheurs de ma vie ; mais pour

pour éviter les reproches que vous me pourriez faire, de ne vous avoir pas plus tôt fait part de ce que je vais vous dire, contentez-vous de savoir que vous êtes la premiere personne à qui j'en aye parlé. Il lui conta en détail toute l'histoire de sa passion pour la princesse de Tingi; toutes ses avantures avec le roi Roderic, & le dernier sujet de son affliction à l'égard de Tarif, dont Abdelasis savoit assés la passion pour cette princesse. De-là il passa au nouveau sujet de douleur qu'il avoit reçu, & qui l'avoit mis dans l'état desolé où il le voyoit; qui étoit qu'en partant de l'armée pour le siége de Cordoue, il avoit laissé le comte dans la ferme résolution de renvoyer la comtesse & sa fille à Ceuta, dès le moment que leur arméee se mettroit en marche; & que la princesse étoit même si fort dans ce sentiment, qu'elle lui avoit protesté que quand la comtesse seroit même d'humeur à vouloir suivre l'armée, elle prieroit son pere de trouver bon qu'elle en partît pour s'en retourner chés elle: que sur ses promesses & toutes les autres apparences que cela devoit être ainsi, ayant eu l'esprit un peu en repos, & les croyant en effet à Ceuta, il avoit écrit quatre ou cinq lettres depuis qu'ils étoient devant Cordoue; & que n'en ayant reçu aucune réponse ni autre nouvelle d'elle, il avoit envoyé un exprès à Ceuta, qui venoit d'arriver il n'y avoit qu'un quart d'heure, & qui lui avoit appris que la princesse n'étoit point partie de l'armée; & que suivant les lettres qu'on avoit reçues de la comtesse à

Ceuta, elles feroient la campagne & n'en reviendroient qu'avec le comte.

Le prince finit ce triste recit par un fort grand soupir, laissant à son ami la liberté de s'imaginer les consequences qu'on pouvoit tirer d'une telle conduite; & si cette nouvelle n'étoit pas capable de desoler un amant qui avoit une passion aussi violente que lui. Abdelasis le plaignit; mais il ne put néanmoins s'empêcher de lui dire qu'il ne voyoit encore rien dans cette derniere affaire, qui pût lui donner lieu de s'affliger comme il faisoit; qu'il étoit ordinaire quand on aimoit beaucoup, & qu'on étoit éloigné de sa maitresse, de se faire des monstres des moindres bagatelles, mais que ces monstres se dissipoient aussi facilement qu'ils se formoient: qu'il avoit envoyé à Tarif un courrier qui n'étoit pas encore de retour, & qu'il y avoit de l'apparence qu'il ne reviendroit pas sans lui apporter des nouvelles de sa maitresse; & qu'à la fin il seroit peut-être réduit à se repentir d'avoir été si facile à la condamner & à se plaindre d'elle, étant presque impossible de rendre justice aux gens, quand on ne juge de leur conduite que selon les vues de sa passion. Quoique ces raisons, & plusieurs autres qu'il lui dit encore pour le consoler, ne fussent qu'un remede fort leger pour des maux aussi cruels que ceux que ce prince sentoit; il ne laissoit pas d'en recevoir quelque soulagement, & d'en savoir bon gré à son cher Maure. Leur entretien s'étendit de-là sur les affaires du siége, qu'ils voyoient l'un & l'autre, à leur grand regret, aller fort lentement. Mais comme

comme ils ne doutoient point que Tarif ne leur envoyât du ſecours, ils étoient reſolus, d'abord qu'il ſeroit arrivé, de preſſer la ville ſi vivement, que les habitans fuſſent obligés d'en venir à une capitulation, dont pour l'amour d'Abdelaſis le prince vouloit bien faire tout l'honneur à la reine. Ce fut ainſi qu'ils ſe ſéparerent.

Cette princeſſe n'avoit plus l'eſprit occupé que des charmes de ce jeune étranger. Elle l'avoit d'abord trouvé fort bien fait de toute ſa perſonne & fort agréable dans toutes ſes manieres, d'un vif & d'un brillant dans la converſation dont elle étoit enchantée ; & elle y prenoit tant de goût qu'elle craignoit à la fin d'en trop prendre. Elle ne penſoit plus au prince que par le dépit qu'elle ſentoit d'avoir aimé un ingrat. De ſorte que le dépit d'un côté à l'égard du prince, & de l'autre le merite du Maure, faiſoient une eſpece de compenſation, à laquelle il ne faloit qu'un grain d'amour de plus pour celui-ci & un peu plus d'indifference pour l'autre, pour emporter la balance. Cela arriva auſſi de même ; le prince fut peu à peu oublié, & le Maure, ſinon aimé, du moins aſſés eſtimé, pour que ce ſentiment pût ſervir de planche à l'amour. Il ne ſe paſſoit guére de jours qu'Abdelaſis ne donnât des marques de ſa paſſion à cette princeſſe. Mais le commandant de la ville, qui étoit un homme extrémement circonſpect & delicat ſur le ſervice, ſe laſſa à la fin de tout ce commerce : d'autant plus que les maniéres honnêtes, & la liberalité d'Abdelaſis lui débauchoient tous

tous les jours des soldats des plus braves de la garnison qui desertoient pour courir à lui, parce que tous les Goths étoient les bien-venus auprès de lui pour l'amour de la reine. La peur qu'il eut de quelque trahison, ou que ces pour-parler n'eussent d'autres suites encore plus dangereuses pour lui, fit qu'il en parla à la reine. Il lui fit entrevoir qu'il en pouroit arriver quelque surprise qui lui seroit peut-être fatale aussi-bien qu'à toute la ville: qu'il ne faloit pas se fier à des Arabes, qui n'étoient venus dans leur pays que pour les mettre tous aux fers ; & qui avoient commencé par le feu & le sang, dont tout le royaume gemissoit. Il la pria enfin, si elle ne vouloit pas s'exposer à quelque malheur, de ne se plus trouver à cette terrasse, & de n'avoir plus aucun commerce avec de si cruels ennemis, ni aucune autre personne de sa part. La reine Egilone sentit d'abord dans son cœur une peine secrete de se priver d'un plaisir auquel elle étoit déja accoûtumée ; & que ce Maure ne lui étoit pas si indifferent qu'elle pût sans quelque regret se passer de le voir : néanmoins la déference qu'elle croyoit devoir là-dessus aux avis d'un homme qui s'acquittoit si bien de son devoir & de sa charge, & à qui elle avoit déja des obligations infinies, pour les égards & les respects qu'il avoit toujours eu pour elle, au-de-là de tout ce que le roi Roderic en avoit ordonné, fit qu'elle lui promit tout ce qu'il souhaitoit d'elle. Mais elle sentit bien-tôt que son cœur lui reprochoit de s'être engagée un peu trop legerement.

rement. Il lui en prit une tristesse qui la faisoit soupirer à tous momens, sans savoir pourquoi elle soupiroit ; car elle s'imaginoit n'avoir pour ce Maure qu'une estime raisonnable, & se repentoit d'avoir eu pour le commandant de la ville une complaisance qui devenoit fatale à son repos. Elle se croyoit un peu trop contrainte pour une personne de son rang, qui en des choses de pure civilité ne devoit prendre loi de personne ; & trouvoit que c'étoit assés qu'elle eût été prisonniere dans un palais pendant la vie du roi, sans vouloir se réduire à une nouvelle captivité dans une ville assiegée, lorsqu'elle n'avoit plus de maître. Enfin son esprit raisonnoit selon les sentimens de son cœur, & trouvoit tout cela fort dur & fort peu raisonnable ; mais elle ne savoit comment en revenir, ni quel prétexte imaginer pour engager le commandant à remettre les choses comme elles étoient auparavant. Les mêmes raisons qu'il lui avoit alleguées, & qu'elle avoit trouvées bonnes, subsistoient toujours. Elle étoit sur tout cela fort embarassée, aussi-bien que les dames de sa suite, qui souffroient fort impatiament qu'un commandant, par un pur caprice, les privât d'un commerce qui leur avoit paru si doux.

Abdelasis ne fut pas moins surpris, lorsqu'ayant envoyé au commandant de la ville, comme il avoit coutume de faire tous les jours fort civilement, pour lui demander ces deux heures de trêve, on lui rapporta pour réponse qu'il n'y en avoit plus à prétendre ; que la reine avoit d'autres lieux à se promener que cette terrasse ; & qu'on tireroit

pierres

pierres & javelots contre quiconque oseroit seulement en approcher. Il en eut un chagrin mortel, & ne pouvoit comprendre quelle pouvoit-être la cause de ce changement. Pour se tirer de toutes ces inquiétudes, il mit des gens en campagne pour faire quelques prisonniers, esperant que par ce moyen l'on pourroit en apprendre des nouvelles : mais quoi qu'on en prît plusieurs, ils parlerent si diversement de cette affaire, qu'on ne savoit à quoi s'en tenir. Il avoit depuis quelque tems parmi ses domestiques un goth appelié Lazaril, qui avoit été de la garnison de la ville, & qui ayant été pris dans une sortie, avoit été bien aise d'entrer à son service. C'étoit un garçon d'esprit & propre à executer un dessein qu'il méditoit, qui étoit de faire semblant de s'enfuir dans la ville comme prisonnier, & de tâcher quand il y seroit d'avoir entrée chés la reine, & d'apprendre de quelque domestique la raison pourquoi elle ne vouloit plus paroître sur la terrasse, & qu'on avoit défendu les petites trêves. Lazaril répondit à son maître qu'il savoit bien le moyen d'entrer dans la ville sans peine & sans se servir d'aucun détour : qu'il y avoit un endroit qui n'étoit guére connu, & dans un quartier fort retiré, par où il pourroit passer sans que personne en sût rien ; & qu'à l'égard de la reine, il trouvoit encore moins de difficulté de s'insinuer chés elle, parce qu'il l'avoit servie quelque tems, qu'il connoissoit familiérement toute sa maison, & qu'il seroit bien-tôt éclairci de l'affaire. Abdelasis, tout transporté de joye de cette découverte, anima ce garçon à le servir,

&

& à executer ce qu'il lui promettoit, par l'esperance d'une fortune qui seroit au-dessus de ses desirs : & Lazaril plein de zéle pour son maître auroit voulu partir dès le moment ; mais il faloit attendre la nuit. Elle ne fut pas plus tôt venue qu'il se mit en campagne & entra dans la ville par un trou qu'il connoissoit. C'étoit un ancien aqueduc qui avoit autrefois servi pour l'écoulement des eaux d'un moulin. Il alla droit au palais, & ne surprit pas peu ceux qui l'avoient connu chés la reine ; parce que le bruit avoit couru qu'il avoit été tué dans une sortie. On lui demanda des nouvelles du camp des Maures, & sur tout de quelle maniere il s'étoit échapé de leurs mains. Il leur dit qu'ayant été fait prisonnier, il s'étoit mis au service d'un jeune seigneur Maure appellé Abdelasis, dont le nom étoit assés connu ; & qu'après avoir gagné quelque argent, il avoit demandé son congé, qui lui avoit été accordé, parce qu'on étoit content de lui. On le questionna aussi au sujet de cet officier Maure qu'il avoit servi, & du prince Eba qui commandoit les assiégeans : & comme il répondit à toutes ces questions en homme bien instruit, on crut que la reine ne seroit pas fâchée de le voir. On lui en parla ; & elle n'eut pas plus tôt appris qu'il avoit été au service d'Abdelasis, qu'elle eut une extrême curiosité de le voir, & le fit venir auprès d'elle. Lazaril s'acquitta là de son personnage avec encore plus d'esprit qu'il n'avoit fait avec les domestiques, à qui il n'avoit eu garde de découvrir son secret : car ſon maître lui avoit fait une eſpece de confidence de ſa paſſion, afin que ſelon les occaſions il pût parler de lui ſur ces inſtructions. La reine l'ayant interrogé avec beaucoup de curioſité ſur tout ce qui regardoit la perſonne de ce ſeigneur Maure, il lui en dit les choſes du monde les plus avantageuſes, qui firent d'autant plus d'impreſſion ſur l'eſprit & le cœur de la ſuſceptible princeſſe, qu'elles paroiſſoient plus naturelles & ſans interet. Il lui fit entendre ſur tout le chagrin & le deſeſpoir où il étoit qu'on eût défendu ces trêves ; & & qu'elle ne vînt plus ſur la terraſſe ; mais qu'il ne laiſſoit pas de ſe venir promener preſque tous les ſoirs autour du château, au hazard de ſa vie. La reine ſavoit bien cela ; car elle le voyoit paſſer de ſes fenêtres, ſans oſer neanmoins ſe montrer ; tant pour ne lui pas donner occaſion de s'approcher, que pour ne pas chagriner le commandant ; mais elle avoit fait défendre de tirer ſur lui, ni ſur aucun de ſa ſuite, puiſqu'il ne venoit pas là pour commettre aucun acte d'hoſtilité.

La reine ne dit pas à Lazaril que c'étoit le commandant qui s'étoit oppoſé à la continuation de ces petites trêves, mais il le ſut des domeſtiques. Enfin cette princeſſe prit tant de plaiſir à le queſtionner & à ſe faire entretenir de tout ce qu'il ſavoit, qu'elle y paſſa une partie de la nuit. Et l'ayant à la fin congedié avec quelque liberalité qu'elle lui fit faire, elle lui ordonna de revenir la voir, & lui dit qu'elle vouloit qu'il rentrât à ſon ſervice, & qu'elle

auroit

auroit soin de lui & de sa fortune. Lazaril s'etant retiré avec cet heureux succês de sa commission, regagna la même nuit les dehors de la ville, & arriva encore de bon matin au camp. L'amoureux Abdelasis qui ne s'attendoit pas à le voir si-tôt de retour, fut fort surpris quand il parut dans sa tente; il lui demanda d'abord si c'étoit qu'il n'eût pu entrer dans la ville. Lazaril, d'un air content & qui marquoit assez qu'il avoit d'agréables nouvelles à lui dire, lui répondit qu'il y étoit entré, qu'il avoit executé ses ordres, & qu'il avoit parlé à la reine même. Abdelasis eut tant de joye d'entendre une nouvelle comme celle-là, que craignant d'avoir mal entendu, il se la fit raconter plusieurs fois, & fit cent questions à son habile messager. Enfin bien instruit de toutes choses, & content du succês de cette petite intrigue, mais plus encore de ce que son valet lui avoit raporté des sentimens de la reine à son égard; il ne fut pas plus tôt levé, que brulant d'impatience de revoir cette princesse, à quelque prix que ce fût, il fit venir Lazaril pour le consulter sur ce dessein qu'il avoit fort à cœur. Il lui demanda s'il ne pouvoit pas le faire entrer avec lui dans la ville, & s'il ne passeroit pas bien comme lui par l'endroit où il avoit passé. Fort bien, seigneur, lui répondit son valet, & toute l'armée aussi, mais un homme aprês l'autre. Je n'en demande pas tant, lui repartit Abdelasis; c'est assés pour cette fois que j'y passe, que tu trouves aprês cela le secret de m'introduire chés la reine sous le nom d'un de tes camarades, & que je puisse la voir & lui parler. Lazaril ayant trouvé tout cela faisable, la résolution fut prise d'entrer la nuit suivante dans la ville. Le passage n'étoit pas ce qu'il y avoit de plus scabreux dans cette entreprise; puisque Lazaril s'en étoit tiré sans peine, son maître en pouvoit faire autant: mais ce qu'il y avoit à craindre, c'étoit la rencontre de quelques soldats ou officiers de la ville, qui auroient pu reconnoître Abdelasis; cependant, comme c'étoit de nuit, à moins de quelque grand accident, il n'étoit pas fort croyable qu'on le fût venu regarder au nés. Quoi qu'il en soit, un homme amoureux qui n'a l'esprit occupé que de sa passion, ne consulte que son cœur, & ne descend guéres dans le détail d'un examen. Abdelasis n'étoit pas d'humeur à se donner tant de peine, les reflexions n'étoient pas son affaire: il ne songea qu'à prendre un des plus magnifiques habits qu'il eût à la mode de son pays, sur lequel ayant mis une robe à la maniere des Goths, & pris un bonnet de même, il suivit son valet qui étoit devenu son compagnon de fortune. Ils arriverent à ce trou, le passérent sans difficulté, & se rendirent au château sans aucune avanture, sinon la rencontre de quelques soldats, dont ils se défirent avec un peu d'argent.

La reine avoit passé le reste de la nuit précedente sans dormir un seul moment: toutes les nouvelles que Lazaril lui avoit contées, lui ayant donné des pensées trop vives & trop touchantes, pour la tranquil-lité

lité qui est si necessaire au sommeil. Elle n'avoit pu d'ailleurs, à cause de ses femmes qui étoient avec elle dans le tems de cet entretien, lui demander une infinité de choses qu'elle auroit eu une extrême curiosité de savoir ; & il lui en étoit venu depuis mille autres dans l'esprit, qui ne lui laissoient pas plus de repos, & dont elle mouroit d'envie de s'éclaircir. Dans cet état elle n'avoit pas été plus tôt levée, qu'elle avoit fait demander parmi ses domestiques si l'on ne savoit point la demeure de Lazaril : mais comme personne n'en put donner de nouvelles, il falut attendre qu'il revînt de lui-même, comme la reine le lui avoit ordonné. Quelles impatiences & quelles inquiétudes n'eut pas cette princesse durant ce jour-là, qu'elle ne voyoit point paroître ce valet. Il vint enfin dans le tems qu'elle étoit sur le point de se coucher, accablée de sommeil & de fatigue : mais dès qu'on lui eut annoncé son retour, elle sentit une joye qui dissipa le sommeil, qui un moment auparavant la forçoit à se coucher. Elle donna ordre qu'on le fît monter par un degré derobé, afin que les autres domestiques n'en eussent pas connoissance. Lazaril parut devant elle tout gai & tout empressé à lui rendre ses services, lui disant qu'il venoit pour recevoir ses ordres, parce qu'il croyoit qu'il s'en retourneroit au camp auprès de son maître, où il trouvoit qu'il faisoit bien meilleur que dans la ville. La reine lui demanda pourquoi il étoit venu si tard, sachant qu'elle avoit envie de le revoir. Lazaril s'excusa s'excusa sur la rencontre fortuite d'un camarade, avec qui il avoit servi le seigneur Abdelasis, & qui ravi de le revoir ne l'avoit pas quitté de tout le jour. La reine, sans s'arrêter à ce discours, & pour n'entrer pas d'abord en matiere sur ce qui regardoit son maître, lui fit encore quelques questions sur l'armée des Maures & sur leurs desseins, mais fort legerement & avec un esprit peu attentif; puis passant aux affaires d'importance, c'est-à-dire, à celles de son cœur, elle lui demanda tout à la fois je ne sai combien d'autres questions confuses sur le sujet d'Abdelasis; s'il étoit marié, s'il avoit des maitresses, s'il étoit estimé de ceux de sa nation, & dans l'armée où il étoit, quel étoit son caractere, &c. à quoi le fin & adroit Lazaril, répondit que n'ayant connu ce seigneur que depuis peu de tems, il n'étoit pas en état de satisfaire S. M. sur toutes ces choses; mais qu'il pourroit bien s'en informer à son camarade, qui l'avoit servi quelque tems en Afrique. La reine lui demanda alors avec quelque précipitation où étoit ce camarade, s'il ne pourroit pas le lui amener. Lazaril repartit qu'il l'avoit accompagné jusqu'au château, & qu'il croyoit qu'il l'attendoit encore à la porte; parce qu'ils avoient fait dessein de s'en retourner ensemble. La reine impatiente de voir ce camarade, pour apprendre plus de particularités des affaires d'Abdelasis, dit à Lazaril de l'aller chercher. Il y courut, & revint un moment après avec son homme, auquel il ôta la robe de Goth, en entrant dans la chambre, afin

afin qu'il parût devant la reine avec son équipage de Maure. Il se jetta d'abord aux pieds de cette princesse, qui se trouva étrangement surprise de cette aventure. Elle eut même d'abord tant de frayeur de voir devant elle à cette heure-là un homme en cet équipage, qu'elle en demeura quelques momens interdite & presque sans sentiment : mais ayant reconnu son cher Abdelasis, elle se remit un peu ; & encore à demi morte de peur : helas, seigneur, dît-elle, d'une voix tremblante, qu'est-ce que je vois ! Vous voyez à vos piés, madame, lui répondit l'amoureux cavalier, l'homme du monde le plus passionné & le plus respectueux. Mais qu'est-ce donc, poursuivit-elle avec le même trouble, en le faisant lever, sommes-nous trahis ? La ville est-elle prise : & comment, seigneur, êtes-vous donc ici ! C'est l'amour, madame, lui repartit le Maure, qui m'y a conduit : mais il n'y a rien à craindre pour votre ville, quand il vous livre entre les mains un des principaux de vos ennemis, si l'on peut me donner ce nom-là. C'est à vous, madame, poursuivit-il en soupirant, d'en faire tout ce qu'il vous plaira, pour me punir de ma temerité si vous la condamnez. La tendre reine lui rendant soupir pour soupir, lui repliqua qu'elle ne lui vouloit pas assés de mal pour lui en pouvoir faire ; qu'elle n'étoit pas la personne de la ville qu'il eût le plus à craindre, & qu après l'avoir mise par son premier abord dans un état à tout craindre pour elle, il la réduisoit par la confiance qu'il avoit eue en elle, à l'obligation d'avoir ſoin de lui, & qu'il ne pût lui arriver rien de fâcheux. Mais, ſeigneur, pourſuivit-elle en le regardant d'un air un peu plus aſſuré, qui vous amene ici ? & pourquoi vous expoſer à un ſi grand danger ? Je n'en connois pas de plus grand, madame, lui répondit le paſſionné Maure, que celui de mourir de deſeſpoir d'être plus long-tems ſans avoir le bonheur de vous voir. Je l'aurois acheté au peril de mille vies ; & je me crois trop heureux, quoi qu'il m'en puiſſe arriver, d'y être parvenu. Mais, ſeigneur, lui dit-elle, ſongez-vous bien que je ſuis chrétienne : & avez-vous oublié que vous êtes maure ; & qu'outre la haine & la guerre qu'il y a entre nos deux nations, nous ſommes de religion contraire, qui ne ſouffre point que nous ayons l'un pour l'autre les ſentimens que vous voulez me perſuader d'avoir pour moi ? Le ciel ne nous défend point, lui répondit Abdelaſis, d'aimer ce qu'il a fait de plus aimable, il y auroit de l'injuſtice ; & quand nos deux nations ſeroient entre elles mille fois plus ennemies qu'elles ne le ſont, je ne ſaurois devenir ennemi de la perſonne la plus charmante & la plus digne d'être aimée qu'il y ait dans la vôtre. Enfin vous pouvez, madame, regarder les Maures comme des gens fort cruels & fort barbares, qui ne ſont entrés dans votre pays que pour le détruire ; mais j'oſe bien eſperer que vous ne me compterez pas de ce nombre ; & ſi vous vouliez du moins me mettre à l'épreuve, vous verriez, quoi que Maure, ſi je ne ſuis pas plus de votre parti que

que de celui de vos ennemis. Vous ayant distingué, seigneur, lui répondit la reine, dès la premiere fois que je vous ai vu, je n'aurois garde de vous faire pareille injustice, depuis que j'ai un peu plus de connoissance de votre merite : & si, sans vouloir vous mettre là-dessus à aucune épreuve, j'avois à exiger quelque chose de vous, ce seroit seulement de ne vous pas servir en ennemi de l'avantage que vous avez trouvé de pouvoir entrer dans la ville, comme vous l'avez fait en ami ; car nous serions tous perdus. Abdelasis lui repartit avec un peu d'ardeur, que c'étoit-là une affaire dont son cœur lui répondoit ; & que si pour son malheur il arrivoit que quelqu'autre que lui de l'armée en eût connoissance, & qu'on voulût tenter la même voye pour surprendre la ville, il seroit le premier à défendre le poste, comme un endroit consacré à l'amour ; & qu'on n'en viendroit pas à bout qu'on ne lui passât sur le ventre. La reine lui dît qu'elle esperoit que ni l'un ni l'autre n'arriveroit ; mais que le plus seur seroit d'offrir à la ville une capitulation un peu avantageuse, & que les habitans déja fort las d'un si long siege, pourroient bien ne la pas refuser. Abdelasis lui répondit qu'il ne tiendroit qu'à elle de la regler comme elle souhaitteroit ; ayant déja la parole du prince Eba de lui en laisser toute la disposition. La reine fut fort contente d'un acheminement comme celui-là pour être delivrée de ce siége ; ce qui ne pourroit être qu'agréable à toute la ville, où l'on commençoit à souffrir beaucoup ;

coup ; car il y avoit plus de deux mois qu'il duroit. Elle pria Abdelasis d'en faire faire au plus tôt la proposition à leur commandant, qui étoit celui qui par un principe de bravoure pourroit s'y opposer le plus.

L'espoir du succès d'une telle affaire ayant donné une extrême joye à cette princesse, qui s'ennuyoit encore plus que personne de la durée de ce siége, elle se laissa un peu plus aller au plaisir de la conversation ; mais enfin comme ce plaisir ne la charmoit pas si fort, qu'elle ne sentit quelque inquiétude du danger où elle exposoit sa réputation, & de celui que couroit son cher Maure en faisant un trop long séjour dans la ville, elle lui dit qu'il étoit tems qu'il se retirât, tant pour l'amour d'elle, que pour son interêt particulier. Abdelasis poussant un grand soupir se mit en devoir d'obéir à un ordre dont il sentoit toute l'importance. Il redoubla seulement en partant ses protestations de ne vouloir vivre & mourir que pour elle, la priant de lui faire la grace de lui permettre de se dire son chevalier ; ce que la reine lui accorda de fort bonne grace, & prenant un beau ruban d'or qu'elle avoit sur elle le lui attacha au bras, au défaut d'une écharpe, pour marque de chevalerie. Le passionné Maure charmé de cette faveur, & ne sachant de quelle maniére témoigner sa reconnoissance à sa charmante reine, se jetta à ses pieds pour la seconde fois ; mais elle le fit lever, le faisant souvenir encore qu'il étoit tems qu'il se retirât. Il prit congé d'elle, &

& reprenant le chemin par où il étoit venu, il arriva heureuſement au camp. Il rentra dans ſa tente ; mais comme il ne ſe ſentoit nulle envie de dormir, il ne ſe mit pas ſeulement au lit. D'ailleurs, il étoit preſque jour ; & l'eſprit occupé de la propoſition que la reine lui avoit conſeillé de faire faire au commandant de la ville, il fut au quartier du prince pour lui en parler. Il croyoit le trouver encore au lit, mais il fut bien ſurpris de le trouver debout, & ſe promenant à grands pas, d'un air ſi chagrin qu'il ne douta pas qu'il n'eût reçu de fâcheuſes nouvelles de ſa maitreſſe. Il n'eut pas beſoin de le lui demander ; car à peine fut-il entré qu'il lui dit : he bien, avois-je tort de faire tant de difficulté de voir la reine, & de me croire le plus malheureux de tous les hommes ! Tenez, ajouta-t-il, en lui preſentant une lettre, liſez cette lettre, que je reçus hier au ſoir par notre courier qui arriva à dix heures ; & voyez ſi la fortune me pouvoit jouer un plus cruel tour. Abdelaſis prit la lettre, qui étoit de la princeſſe, & y trouva ces paroles.

» J'étois en peine de chercher des raiſons pour vous juſtifier ma conduite ſur la neceſſité où nous nous ſommes trouvées de ſuivre l'armée, & que je ne vous ai pas donné plus ſouvent de mes nouvelles ; mais la vôtre m'en a fourni de meilleures que je ne voulois. Quand on ſe divertit comme vous faites avec une belle reine, & qu'on prend tant de plaiſir à la voir tous les ſoirs, on oublie facilement les gens ;

&

» & l'on ne se soucie guéres d'en être oublié. Je ne vous le dis pas par reproche ; » j'ai trop de fierté ; & cela ne serviroit de » rien. Il ne m'arrive que ce que j'ai prévu » devoir m'arriver à ce siége. Tous les hommes sont ainsi faits ; & je voudrois être » faite comme toutes les femmes ; mais la » constance est une vertu qui lasse à la fin, » sur tout avec des ingrats & des perfides « qui en abusent ; & le plaisir de se venger » fait négliger bien des vertus. Je vous ai » aimé, prince, & je ne dis point, malgré » vos perfidies, que je ne vous aime pas » encore ; mais vous vous tromperiez fort, » si vous vous imaginiez que ma sottise pût » aller jusqu'à ne savoir pas en aimer un » autre. On a des soins pour moi capables » de plaire : si je n'y répons pas encore, » du moins je les reçois : c'est un commencement, & le dépit applanit bien des chemins, qui sans lui auroient été impratiquables. Courage, prince, aidez-moi à » vous rendre sacrifice pour sacrifice : à tout » prendre dans une conjoncture comme » celle-ci, un general conquerant vaut bien » une reine malheureuse : il faut goûter de » tout : Maures ou Chrétiens, tout est bon, » quand cela sert à nous venger. Vos plaisirs n'en seront pas plus troublés ; car il » faut aimer, pour sentir le mal de n'être » plus aimé. Continuez seulement un si beau » siége, s'il ne vous acquiert pas le titre de » conquerant, du moins on ne pourra vous » refuser celui du plus parfait amant qu'il » y eut jamais. On n'a pas donné ici dans » l'erreur de croire que ce soit le manque

de

« de troupes qui l'ait fait durer si long-
« tems : on est trop bien informé des choses,
« & que vous avez trop d'intelligences dans
« la place pour n'en être pas bien-tôt le
« maître si vous vouliez : mais il ne vous
« conviendroit pas d'être un heros violent
« & terrible auprés d'un objet si doux & si
« tendre. Vous devez mesurer vos faits
« d'armes sur ses sentimens, qui sont fort
« languissans. Pour nous, nous allons d'un
« pas un peu plus gai, & nous esperons
« d'avoir fait la conquête de toute l'Espa-
« gne, que nous vous trouverons encore
« au-dessous des murailles de Cordoue, ou
« du moins occupé à donner les ordres
« pour votre triomphe. Je voudrois voir
« cette fête ; mais je ne crois pas que vous
« m'y attendiez pour vous en préparer les
« couronnes : ce sera le soin de la char-
« mante reine, qui ne manquera pas de mê-
« ler bien des mirtes à tant de lauriers.
« Adieu, trop heureux prince. De tout
« cela, je ne porte envie qu'à la facilité de
« votre cœur, qui sait si bien s'engager &
« se dégager quand il lui plaît ; mais il n'est
« rien dont on ne vienne à bout avec le
« tems, sur tout quand on a devant les
« yeux d'aussi bons exemples. Adieu.

Abdelasis ayant lu cette lettre pendant que le prince se promenoit dans la chambre, rêvant, soupirant, levant les yeux au ciel, & autres pareils mouvemens que le desespoir inspire, il lui dit qu'il ne voyoit dans cette lettre que l'effet d'un amour violent, mais blessé cruellement par la jalousie ; que tout cela seroit facile à dissiper, puisque

puiſque, tous ces ombrages étoient mal fondés : qu'en ſon particulier il auroit été bien fâché que la princeſſe eût eu raiſon, & que quand il voudroit, il lui rendroit bon témoignage qu'elle avoit tort, & que jamais amant n'avoit mieux fait ſon devoir que lui. La meilleure preuve que je lui puiſſe donner de mon innocence, repartit le prince, c'eſt de mourir de deſeſpoir, après une ſi injuſte & ſi cruelle lettre. Vous pouvez, lui repliqua le Maure, vous juſtifier à moins de frais que cela, car votre juſtification ſeroit inutile après votre mort ; mais il faut lui faire réponſe & la deſabuſer. Le triſte prince lui répondit que tout ce qu'il lui écriroit ne ſeroit pas capable d'effacer des impreſſions ſi fortes ; qu'il connoiſſoit trop bien la princeſſe, & qu'il n'y avoit qu'un prompt retour auprès d'elle, & ſa preſence, qui puſſent racommoder ſes affaires : qu'il étoit reſolu de preparer toutes choſes ce jour-là pour faire le lendemain leurs derniers efforts, & tâcher de s'approcher des murailles de la ville pour faire jouer le belier & en venir à la ſappe. Car auſſi bien, ajoûta-t-il, nous ne devons eſperer aucun ſecours de notre general, qui me mande comme vous verez par cette lettre, qu'il m'écrit de Grenade, qu'il part pour le ſiége de Murcie où il a beſoin de toutes ſes troupes, & qu'au retour de cette expedition, il s'approchera de moi pour me favoriſer en cas que je ne ſois pas encore venu à bout de mon entrepriſe.

Abdelaſis ayant lu la lettre de Tarif, dit à ſon cher prince qu'il étoit fort de ſon avis de de presser les assiegés par quelque coup de resolution, & qu'il trouveroit tous les Maures disposés à cela ; mais que si l'on pouvoit éviter la ruine & la destruction d'une si belle Ville, ce ne seroit que mieux ; & que s'il le trouvoit bon il envoyeroit ce jour-là faire sommer pour la derniere fois le commandant de se rendre, & lui offrir une capitulation avantageuse, que la reine même pourroit regler comme ils en étoient déja convenus. Le prince l'approuva ; car tout ce qui pouvoit gagner du tems & abreger ce siége ne pouvoit être que de son goût. Abdelasis sans perdre de tems envoya faire les complimens ordinaires au commandant de la ville, & lui proposer une capitulation : mais on avoit à faire à un homme qui préferoit son honneur & sa gloire à sa vie, & qui répondit fierement, que les murailles de la ville, quoique foibles, étoient encore en bon état, & qu'il falloit qu'elles fussent teintes de son sang avant que de lui parler de capituler.

Nos deux amans, irrités de cette réponse, assemblerent dès ce jour-là le conseil de guerre ; & quoique deux ou trois des principaux Maures, qui avoient des ordres secrets de Tarif, voulussent s'opposer à cette resolution, Abdelasis, que l'on consideroit presque autant que Tarif, à cause de son pere, l'emporta, mais ce fut en se chargeant de toute l'iniquité en cas de mauvais succês : si-bien qu'on ne songea plus qu'à mettre toutes choses en état de faire dês le lendemain une action de vigueur, & de pousser les ennemis jusqu'à la derniere

niere extrêmité. Abdelasis étoit fort en peine de savoir sur cela les intentions de la reine, & quel parti elle prendroit dans une conjoncture comme celle-là, pour ne se trouver pas exposée au desordre où se trouveroit la ville, encas qu'elle vînt à être prise d'assaut. Il voulut lui envoyer son fidele Lazaril, pour l'informer de la resolution qu'on avoit prise & pour apprendre en même tems ce qui se passoit dans la ville: mais on faisoit si bonne garde partout, que quelque habile que fût Lazaril, il ne lui fut pas possible d'entrer de jour dans la ville. Les amans sont naturellement fort impatiens; & celui-ci jeune comme il étoit, & vif au-de-là de tout ce qu'on peut croire, souffroit plus qu'un autre d'attendre si long-tems. L'heure ne fut pas plus tôt venue, qu'il avoit coutume d'aller faire une promenade autour du château, qu'il monta à cheval avec une suite de huit ou dix cavaliers, pour voir s'il n'y auroit pas moyen de dire quelque mot en passant à la belle reine, en cas qu'elle vînt à paroître à quelque fenêtre. Il ne se trompa pas, car impatiente autant que lui elle s'étoit rendue à un cabinet, d'où elle le voyoit passer tous les soirs sans se montrer, depuis qu'elle n'alloit plus sur la terrasse: mais pour cette fois-là elle voulut bien qu'il la vît pour lui donner occasion de s'approcher, ne croyant pas que cela tirât à aucune consequence; le commandant lui ayant donné sa parole, que tant que ce seigneur Maure ne s'approcheroit du château qu'accompagné de fort peu de personnes & sans armes;

mes ; on l'epargneroit. Mais depuis la derniere sommation qu'on lui avoit faite il ne gardoit plus de mesures, d'autant plus qu'il étoit informé qu'on se preparoit à un furieux assaut pour le lendemain. Abdelasis cependant ayant vu la reine paroître à cette fenêtre, sans se mettre en peine de ce qui en pourroit arriver, y courut pour lui parler ; mais à peine il lui eut rendu ses premiers devoirs, qu'il vit pleuvoir sur lui & sur ses gens une grêle de pierres & de javelots qu'on lança des creneaux du château, dont il fut lui-même violemment blessé. La reine vit le coup, & jetta un cri d'une personne mortellement touchée ; mais le voyant un moment après tomber de son cheval, où ses gens le reçurent entre leurs bras, & le croyant mort elle redoubla ses cris. Elle ne quitta point la fenêtre, & ne cessa de crier & de s'affliger tant qu'elle le vit ; mais ses gens se presserent de l'emporter, parce qu'il perdoit beaucoup de sang.

Il ne fut pas plus tôt arrivé au camp, que la nouvelle de son malheur y causa une tristesse generale. Les Maures au desespoir entrerent dans une telle fureur, qu'on eut toutes les peines du monde à les retenir, & à les empêcher dès cette nuit-là même d'aller tenter un assaut pour mettre toute la ville à feu & à sang. On n'en seroit pas même venu à bout si l'on ne leur eût promis que dès la pointe du jour on leur donneroit là-dessus contentement, pour faire les choses avec moins de desordre.

Le prince qui avoit couru à la tente de

son ami d'abord qu'on lui étoit venu donner avis d'une si triste nouvelle, l'avoit vu penser avec bien de la douleur ; parce que les chirurgiens trouvoient sa blessure fort dangereuse, & craignoient pour sa vie. Voyant qu'il n'étoit pas en état de parler, il sortit de sa tente ; & il ne fut pas plus tôt dans la sienne, que Lazaril, qui étoit plus affligé qu'on ne peut dire, & qui l'avoit suivi, n'ayant osé lui parler, parce qu'il étoit accompagné de plusieurs officiers, y entra un moment après, & lui dit qu'il avoit quelque chose d'important à lui communiquer, qu'il ne savoit pas si son Maître l'approuveroit. Le prince lui ayant demandé de quoi il étoit question, il lui dit que sans se donner la peine de faire préparer tant de machines pour abattre les murailles de la ville, & sans exposer tant de gens à se faire tuer, il savoit le moyen de l'introduire dans la ville cette nuit-là même, sans qu'il lui en coûtât un seul homme. Le prince étonné & ravi en même tems d'entendre un tel discours ne savoit pourtant s'il y devoit donner creance. Il regarde Lazaril sans lui répondre, & tâche d'étudier dans les yeux de ce garçon ce qu'il devoit croire d'une telle proposition. Il savoit que c'étoit un garçon d'esprit, qui témoignoit d'aimer son maître ; & que son maître se fioit beaucoup à lui, mais il croyoit que dans des affaires de cette consequence il ne devoit se fier qu'à ses yeux. Après quelques momens de reflexions, prenant tout d'un coup la parole, Lazaril, lui dit-il, es-tu bien sûr de ce que tu me dis ? Si j'y manque

manque, seigneur, lui répondit-il, ma vie est entre vos mains, vous pourrez faire de moi tout ce qu'il vous plaira; & si vous voulez en faire l'essai, ou me donner quelqu'un pour le faire avec moi, c'est une affaire d'une demi heure, & vous en aurez bien-tôt des nouvelles. Non, lui repartit le prince, j'y veux aller moi-même avec toi, car je ne le croirai que lorsque j'en aurai fait l'experience: mais dis-moi auparavant ce que c'est, & s'il y a long-tems que tu n'as reconnu cet endroit; car les choses peuvent bien avoir changé depuis que tu es parmi nous; & nous serions pris pour dupes si on nous y attendoit. Seigneur, repliqua Lazaril, j'y passai hier au soir. Tu y passas hier au soir! reprit le prince: & qu'allois-tu faire dans la ville? J'y allai, lui repondit le valet, par ordre de mon maître. Le prince à ce discours, jugea bien ce qui l'y menoit: & la discretion l'empêchant de le presser sur cet article, il lui dit que s'il faisoit ce qu'il lui disoit, & qu'il lui pût montrer un lieu par où il pût faire passer quelques troupes, il pouvoit s'attendre à faire la plus belle fortune qu'un homme de sa condition pût faire. Lazaril lui répondit, qu'il y feroit passer toute l'armée, mais qu'il n'y pouvoit passer qu'un homme à la fois. Le prince, qui ne vouloit pas perdre le tems envoya chercher quelques officiers tant Maures que Goths, des principaux de l'armée; & sans leur communiquer encore son dessein, il en retint quelques-uns auprès de lui, & donna ordre aux autres de faire mettre leurs gens sous les armes avec le moins de bruit qu'il se pourroit, & que dans une heure ou deux tout fût prêt à marcher. Aprés quoi ayant pris avec lui cinquante hommes de gens resolus, & mis ordre d'être suivi de prês par un détachement de trois cens autres, pour le soutenir en cas de besoin; il dit à Lazaril qu'il étoit tems de marcher, pour aller voir s'il y avoit moyen d'executer cette entreprise. Lazaril mena le prince à ce trou qu'il connoissoit, & passa le premier. Le prince le fit suivre par un officier, qui repassa un moment aprés pour lui dire que cela alloit fort bien, & que l'affaire étoit bonne & sûre. Il y fit repasser le même officier avec dix soldats Goths, à la queue desquels il se mit lui-même, pour reconnoître les choses de ses propres yeux: & il trouva qu'en effet il ne se pouvoit rien de mieux; & que c'étoit un coup à ne pas negliger. Il en ressortit, y laissant l'officier avec les dix soldats, ausquels il ordonna d'y rester ventre à terre jusqu'à nouvel ordre; & ayant repassé de l'autre coté avec Lazaril, il posta le reste de son monde le long de la muraille, & alla joindre les trois cens hommes qu'il fit mettre en embuscade dans un petit bois tout proche.

Tout cela ainsi ordonné, il regagne le camp accompagné de vingt cavaliers & de deux ou trois officiers, & trouvant toute l'armée en état de marcher comme il l'avoit ordonné, il laissa seulement deux mille hommes pour la garde du camp, fait battre au champ à la sourdine, & regagne ce passage. D'abord qu'il en fut à un petit quart

quart de lieue, il fit faire alte; & se mettant à la tete d'un autre détachement de quatre cens hommes, il alla joindre ceux qui étoient en embuscade, avec lesquels il fut au rendé-vous. Il y trouva les choses dans le même état qu'il les avoit laissées, & fit au plus tôt passer par ce trou toutes ces troupes; qu'il fit defiler l'un aprês l'autre, & qui faisoient plus de sept cens hommes, qui entrerent tous dans la ville. Il y en eut deux cens moitié Maures & moitié Goths, qui furent commandés pour aller s'emparer du Château, tant pour le respect de la reine, afin de la mettre à couvert d'insulte, que pour empêcher que la garnison où les habitans ne s'y pussent retirer & s'y fortifier; & cet ordre fut donné à deux officiers de prudence & de conduite. Le reste de ce bataillon eut ordre de s'aller saisir d'une porte de la ville, qui n'étoit qu'à cinq ou six cens pas delà, par où le prince faisoit dessein de faire passer son armée. Cette expedition eut le succês que le prince pouvoit souhaiter. Du côté du château, où il n'y avoit pas trente hommes de garde, on se saisit des deux sentinelles de la porte; les autres soldats du corps de garde furent trouvés dormans, & mis en même tems hors d'état de faire aucune resistance. Lazaril, qui étoit comme le conducteur de cette affaire, demanda a parler à la reine, pour l'informer de ce qui se passoit & l'avertir de ne s'épouvanter pas de ce qu'elle entendoit & de tout ce qui se passeroit par la suite. Elle étoit malade, & n'avoit pas dormi un seul moment de la nuit: & comme

me

me dans le désordre où l'on fut d'abord dans le château, de se voir entre les mains de tous ces Maures & des Goths rebelles, quelque peine que se donnât Lazaril pour les rassurer, on entra un peu en tumulte dans son appartement pour lui dire que Lazaril demandoit à lui parler. Elle pensa mourir de peur croyant qu'il venoit lui dire que son maitre étoit mort de sa blessure. Lazaril entrant dans sa chambre, la trouva toute en larmes & si saisie qu'à peine elle pouvoit parler pour lui demander si Abdelasis étoit mort. Non, madame, lui repondit-il, il n'est pas mort; & on espere méme qu'il n'en mourra pas, au grand regret du lâche commandant, qui sera puni cette nuit de sa noire trahison. La reine fort surprise d'entendre ce langage, où elle ne comprenoit rien: comment cette nuit! interrompit-elle, & par quel moyen? L'armée est déja dans la ville, madame, lui repartit Lazaril; & le prince a commandé deux cens hommes pour la garde de votre personne; & afin qu'il n'arrive aucun trouble ni aucun desordre dans le château. Cette princesse qui s'étoit d'abord un peu rassurée en apprenant de meilleures nouvelles de son cher Maure, retomba dans de plus grandes allarmes que jamais, lorsqu'elle apprit que les Maures étoient dans la ville; mais elle en fut bien-tôt confirmée par le terrible bruit qui s'éleva par tout. Les troupes qui avoient ordre de se saisir de cette porte, qui étoit la moins à craindre parce qu'elle donnoit dans un marais, & par consequent la moins gardée, l'investirent d'une d'une grandre fureur, & l'emporterent dans peu de tems : & s'étant rendus maîtres du corps de garde, la porte fut ouverte, & le prince entra à la tête de son armée.

Le desordre fut grand pendant la nuit; & il se commit de terribles excès de barbarie; sur tout par les Maures, qui voulurent venger le sang de leur général Abdelasis. Les Goths mécontens, pour se distinguer de ceux de la ville, & que les Maures dans la nuit ne s'y méprissent pas, avoient attaché à leurs bonnets chacun une petite botte de paille; mais cette marque ne laissa pas d'en faire tuer plusieurs, qui peut-être ne l'auroient pas été sans cela : car la garnison & les habitans étant revenus de leur premiere frayeur, se voyant poussés au dernier desespoir, reprirent courage, & se battirent sur la fin comme des enragés. Ils en vouloient sur tout aux rebelles, contre lesquels ils étoient plus animés que contre les Maures, & cette botte de paille leur servoit de blanc pour les tirer des fenêtres.

Le commandant fit bien voir dans cette occasion qu'il étoit homme de tête & de valeur ; car après avoir payé de sa personne, & donné l'exemple aux autres par cent belles actions, où le prince même pensa être tué de sa main ; voyant qu'il faloit enfin ceder au nombre, & qu'il n'y avoit plus moyen de disputer le terrein aux ennemis, il se retira dans l'Eglise de saint George, où il avoit déja fait quelques retranchemens. Cependant, comme il n'avoit pas eu le tems d'y faire porter toutes

les

les provisions nécessaires pour un si grand nombre de braves gens qui s'étoient enfermés avec lui dans ce poste ; ils s'y défendirent en desesperés pendant dix jours qu'ils mouroient presque de faim ; & le commandant ayant voulu se sauver lui quatriéme, fut pris tout chargé de blessures, dont il mourut vingt-quatre heures aprês, au grand regret même des Maures, à qui il avoit donné une extraordinaire admiration de son courage & de sa conduite. Le prince, dès le premier jour qu'il fut entré dans la ville, avoit été rendre ses pieux devoirs à son pere, qu'il trouva dans une maison peu digne de ce quil avoit été : il fit prier la reine, qu'il ne vouloit pas voir, de trouver bon qu'il le logeât au château, qui étoit assés grand pour que plusieurs personnes de cette consideration y pussent loger sans s'incommoder. Comme il étoit le maître de cela, c'étoit une civilité qu'il faisoit à cette princesse, qui la reçut fort bien ; elle alla même rendre visite à ce malheureux prince qui ayant ignoré jusques-là ce qui se passoit dans le royaume, fut bien surpris du détail qu'on lui en fit.

On fut jusques au troisiéme jour sans rien dire à Abdelasis de toutes ces affaires ; mais comme on le vit hors de danger, & que ceux qui prenoient soin de lui, eurent donné au prince des assurances certaines de sa guérison, pourvu qu'il voulût se ménager, il l'alla voir lui même pour l'en feliciter, & l'informer d'une partie des choses qui étoient arrivées depuis son malheur. Il se trouva en effet en meilleur état ; mais

mais bien surpris qu'il eût passé trois jours sans lui rendre aucune visite, quoiqu'il eût envoyé fort souvent savoir de ses nouvelles. Le prince lui en dit les raisons, & lui conta comment ils s'étoient rendu maîtres de la ville ; & qu'il ne tiendroit qu'à lui de s'y faire porter, & d'être logé auprès de la belle reine, qui avoit pensé mourir de douleur d'avoir été la cause de son malheur. Le double mouvement de surprise & de joye que cette nouvelle excita en lui, pensa lui coûter la vie. Sa blessure se trouva le soir en un état pire que le premier jour ; & sa fiévre qui n'étoit que legere, de beaucoup augmentée. Il falut cependant, pour le contenter, le porter le même jour dans Cordoue, où ayant fait demander à la reine si elle ne trouveroit pas mauvais qu'il logeât dans le palais, elle lui offrit son propre appartement. Il ne voulut pas l'accepter, & regarda comme une fort grande grace, qu'elle voulût seulement bien souffrir, qu'il en occupât un qui en étoit assés proche, pour avoir la commodité de savoir de ses nouvelles à toutes les heures du jour. Elle n'avoit pas manqué de s'informer très-souvent des siennes, & d'envoyer au camp messager sur messager pendant ces trois jours pour en apprendre, ce qui avoit touché fort sensiblement l'amoureux Abdelasis. Il n'y eut plus ici tant de peines à essuyer qu'auparavant : le voisinage étoit charmant, les soins en redoublerent, & l'amour n'en diminua pas.

Le prince n'étoit pas dans un état aussi tranquille. Quelque joye que lui eût pu donner dans une autre occasion la conquête d'une place, dont sa seule fortune l'avoit rendu le maître contre toute esperance; son cœur étoit si plein d'amertume, qu'il n'en pouvoit goûter aucune. Il ne pensoit qu'au plaisir qu'il auroit, étant délivré de ce siége, d'aller mourir aux piés de sa cruelle princesse, ou l'obliger de lui rendre plus de justice qu'elle n'avoit fait. Aussi dès qu'il vit cet ouvrage entierement fini par la prise & la mort du commandant, qui furent suivies de la soumission de tous les autres qui étoient dans cette Eglise, & qui se rendirent prisoniers de guerre : & que son ami étoit en état de pouvoir parler & recevoir compagnie, il le fut trouver & lui dit, que n'y ayant plus rien à faire à Cordoue pour lui, il venoit lui remettre le commandement de l'armée, pour aller lui-même porter cette nouvelle à leur general. Abdelasis fut un peu surpris d'une si prompte resolution; mais comme il en savoit les raisons; qu'il aimoit aussi bien que le prince; & qu'en sa place il sentoit bien qu'il auroit pu faire la même chose, il n'y trouva point à redire : il lui témoigna seulement quelque regret de se voir separé d'un si cher ami. Comme c'étoit là ce que le prince avoit de plus important à faire avant que de partir, il ne differa son départ que jusques au lendemain, qu'il prit la route de Murcie, où il esperoit trouver encore la grande armée qui étoit partie de Grenade pour en aller faire le siege.

Fin du troisiéme Tome.

www.ingramcontent.com/pod-product-compliance
Lightning Source LLC
La Vergne TN
LVHW012020220826
846092LV00001B/428

* 9 7 8 2 3 2 9 2 7 7 2 0 2 *